小学生成长必读系列

让小学生学会做人的
*100*个故事

总 主 编:滕 刚

本册主编:王晓春

九 州 出 版 社 | 全国百佳图书出版单位
JIUZHOUPRESS

图书在版编目(CIP)数据

让小学生学会做人的 100 个故事/滕刚主编.–北京:九州
出版社, 2007.12(2021.7 重印)

("读·品·悟"小学生成长必读系列/滕刚主编)

ISBN 978-7-80195-753-5

Ⅰ.让…　　Ⅱ.滕…　　Ⅲ.儿童文学—故事—作品集—
世界　Ⅳ.I18

中国版本图书馆 CIP 数据核字(2007)第 179628 号

让小学生学会做人的 100 个故事

作　　者	王晓春　本册主编
出版发行	九州出版社
地　　址	北京市西城区阜外大街甲 35 号(100037)
发行电话	(010)68992190/3/5/6
网　　址	www.jiuzhoupress.com
电子信箱	jiuzhou@jiuzhoupress.com
印　　刷	北京一鑫印务有限责任公司
开　　本	710 毫米 × 1000 毫米　16 开
印　　张	10.5
字　　数	168 千字
版　　次	2008 年 1 月第 1 版
印　　次	2021 年 7 月第 8 次印刷
书　　号	ISBN 978-7-80195-753-5
定　　价	29.80 元

第一辑　首先是做个好人

孟子说:"取诸人以为善,是与人为善者也。故君子莫大乎与人为善。"意思是,君子最高的德行就是同别人一道行善。后来,与人为善的语义有所拓展,多指要做个好人,以善义的态度对待他人,为人着想,乐于助人。

人心本善,做个好人是人际交往中一种高尚的品德,是智者心灵深处的一种沟通,是仁者个人内心世界里一片广阔的视野。

第二辑　内心的高贵比能力更重要

一个美国心理医生发现,那些乐于公益事业的名人、富豪,很少有怪癖或者不良记录,也几乎不看心理

让小学生学会做人的100个故事·目录

医生,他由此得出一条公理:当你总是对别人说谢谢的时候,你是找不到快乐的;当别人由衷地对你说"谢谢"的时候,快乐就会来找你。

内心高贵的人有时比有能力的人更容易成功,也能享受生活细节中的美丽,因为做人做事拼到最后,比的还是内心。

第三辑　没有自信等于失去力量

爱默生说:"自信是英雄的本质。"自信,是人类运用和驾驭宇宙无穷大智的唯一管道,是所有"奇迹"的根基。自信可以赋予人奋斗的动力,可以从困境中把人解救出来,可以使人在黑暗中看到胜利的曙光。成功是高山,自信是登山的石阶;成功是远方的目标,自信是脚下的跋涉。自信是一缕和煦的春风,是一丝动人的微笑,是一片明朗的天空。

自信让我们变得干练、成熟,自信使我们的脚步变得坚实稳健。或许可以这么说:"拥有自信,就拥有了成功的一半。"

第四辑　竞争让你充满活力

　　一种动物如果没有了对手，就会变得死气沉沉；一个人如果没有了对手，就会甘于平庸，养成惰性，最终导致庸碌无为；一个群体如果没有了对手，就会因为相互的依赖或潜移默化而失去生机与活力；一个行业如果没有了对手，就会丧失进取的意志，就会因为安于现状而逐步走向衰亡。

　　竞争是时代的主旋律，我们要学会竞争，才能不被淘汰；同时，不能为了赢而不择手段，只有学会以健康的心态竞争，才能最终站立在成功之巅。

让小学生学会做人的100个故事·目录

第五辑　学会合作,懂得分享

美国女科学家朱克曼教授作过这样一个统计:在诺贝尔奖设立的第一个 25 年中,合作研究获奖的人数仅占 41%,第二个 25 年里占 65%,第三个 25 年里占 79%。而时至今日,已极少有人孤军奋战,独享其誉了。

现代社会,人与人的联系越来越紧密,单枪匹马,独享其成已经成为过去,只有学会团体合作,懂得与人分享,追求"双赢",才能展现自己最大的潜力。因为一堆沙子是松散的,可是它和水泥、石子、水混合后,却比花岗岩还坚韧。

第六辑　拒绝才能收获,舍弃才能得到

飞蛾拒绝在黑暗中生存,获得了生命瞬间的壮观;简·爱拒绝自卑,获得了幸福;吕洞宾拒绝学点石成金的法术,获得了成仙的奇遇……学会在拒绝中获得,即使不会有吕洞宾成仙的巧遇,至少你会获得更高的成

就。拒绝之妙,在乎一心;是否获得,还看怎么去拒绝的技巧。

懂得舍弃,你才能以微笑面对得失;懂得舍弃,你才能得到更多……舍弃有时会有峰回路转的效果,"舍弃"中会有"获得"的转机。因为你为获得付出了成本,生活的哲学是最讲信誉的,她总有一天要回报你。

第七辑　姿态越低,生存的可能就越大

在秦始皇陵兵马俑中保存最完整的是一尊跪射俑,因为它的个子矮、重心低逃过了岁月的各种冲击。在一场龙卷风过后的树林里,生存下来的是那些矮小的树木,而在它们的旁边常常横躺着几具巨木的残骸。

低姿态是一种保护自己的有效手段。不张扬、不讨人嫌、不招人嫉、沉默地不动声色才能更集中精力做好要做的事。低姿态是一种做人的智慧,每个人都渴望得到展现自己的机会,你把光芒收敛,别人就会更喜欢你。

让小学生学会做人的100个故事·目录

目录

第八辑 言而无信，无人信言

　　诚信对人，诚信对己。诚信是一轮朗照的圆月，唯有与高处的皎洁对视，才能沉淀出对待生命的真正态度；诚信是一枚凝重的砝码，让摇摆不定的天平立即倾向平稳；诚信是高山之巅的水，能够洗尽浮华，褪尽躁动，淘尽虚诈，留下启悟心灵的妙谛。用心灵呼唤诚信，让诚信成为小鸟的清啼在你耳畔吟唱，让诚信成为寒冷时你身边红红的炉火，让诚信变成烈日下你头顶的一片绿荫。

首先是做个好人

让 小 学 生 学 会 做 人 的 100 个 故 事

　　孟子说："取诸人以为善,是与人为善者也。故君子莫大乎与人为善。"意思是,君子最高的德行就是同别人一道行善。后来,与人为善的语义有所拓展,多指要做个好人,以善义的态度对待他人,为人着想,乐于助人。

　　人心本善,做个好人是人际交往中一种高尚的品德,是智者心灵深处的一种沟通,是仁者个人内心世界里一片广阔的视野。

请把我人性的芳香带走

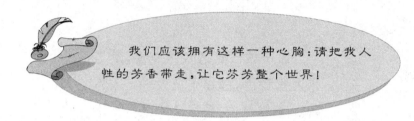

我们应该拥有这样一种心胸：请把我人性的芳香带走，让它芬芳整个世界！

你知道雅诗·兰黛香水是怎样占领法国市场的吗？

雅诗·兰黛香水在美国推销成功后，便远征欧洲大陆，选择法国作为突破口。当时有人劝雅诗·兰黛女士打消这个念头，说法国人怎么看得上美国人喜欢的香水呢？果然，雅诗·兰黛香水摆在法国市场，法国人连正眼都不瞧，只有一些爱占便宜的法国小市民假装试用，多多地倒在身上，却一个子儿也不掏，就走掉了！

有些过分的人还一而再、再而三地来。忍无可忍的雇员向雅诗·兰黛女士抱怨，表示要想办法制止这类人。雅诗·兰黛却轻松地笑笑，说："你们尽管让他们用香水，不必在乎他们占的那点儿便宜。"她的想法是：这些人会把香味带给更多的人，带给真正的买家。果不出其所料，雅诗·兰黛迅速打开了法国市场。

生活中，我们时常听到一些人说自己的善良和好心被人利用了、被人欺骗了。其实，大可不必埋怨，也大可不必因自己的善良被欺骗、被利用而从此放弃善良。我们应该有一种豁达的心胸，尽可能地让人把我们的善良带走，把我们美的品行带走，让我们人性的芳香不断地远播，不断地泽及他人。这样，我们的品行就会像雅诗·兰黛香水一样，成为一种品牌而风靡世界，从而得到人们的真心推崇和真诚赞美。

是的,我们应该拥有这样一种心胸:请把我人性的芳香带走,让它芬芳整个世界!

(黄小平)

其实做人不能太计较,也不能因为曾经被骗就对世界失去信心。常常怀着一种宽松的心情看待问题,你会发现,你的努力不会白费,一切付出都能收获丰硕的果实。

骑手的眼神

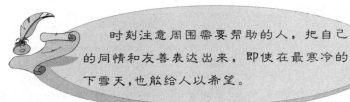

时刻注意周围需要帮助的人,把自己的同情和友善表达出来,即使在最寒冷的下雪天,也能给人以希望。

有的时候,人们需要的常常只是一席暖心的话。美国的一个知名人士曾说过这样一件事:

一个寒冷的晚上,在弗吉尼亚北部,一位老人在等待着骑手带他过河,寒风中,他的胡须已经结了一层冰凌。等待似乎永无止境,冰天雪地中,他的躯体渐渐地麻木和僵硬了。他忧心忡忡地看着过往的骑手。第一个骑手经过时,他没有起身引起骑手的注意。马沿着冰冻的路面奔跑着逐渐远去,蹄声均匀而急速。

第二个、第三个都这样过去了……当最后一个骑手经过老人坐的地方时,老人已宛如一个雪人,他看着骑手的眼睛,吃力地说:"先生,

第一辑　首先是做个好人

你不介意带一个老人过河吧? 我已经找不到路了。"

骑手勒住马, 回答说:"当然, 上来吧。"看到老人冻僵的身体已经不可能自己起身, 他随即下马扶老人上马。骑手不仅带着老人过了河, 还把他送到了目的地。

当他们到达老人温暖的小屋时, 骑手好奇地问:"老先生, 前面几个骑手经过时, 您没有请他们带您, 然而我经过时, 您却立刻请求我, 我觉得很奇怪, 这究竟是为什么呢? 在这样寒冷的冬夜, 您为什么情愿等待并请求最后一个骑手呢? 如果我拒绝, 您怎么办?"

老人从马上下来, 直视着骑手的眼睛说:"我想我的直觉不会骗我。我看看他们的眼睛, 就能立即知道他们并不关心我的处境, 请求他们帮助是没用的。可是在你的眼神里, 我看到了友善和同情。我相信, 在我需要帮助时, 你的善良会赐予我脱离困境的机会。"

一番发自内心的话触动了骑手。"非常感谢您刚才所说的,"他告诉老人,"我以后绝不会只顾忙自己的事, 而忽略他人需要的友善和同情。"说完, 他掉转马头转身离去。

这个骑手就是美国历史上著名的总统托马斯·杰弗逊, 而他当时要去的地方正是白宫。

成长悟语

当一个人只顾着朝着目标前进的时候, 常常会忽略了周围的风景。时刻注意周围需要帮助的人, 把自己的同情和友善表达出来, 即使在最寒冷的下雪天, 也能给人以希望, 带来温暖人心的力量。

老锁匠收徒

我收徒弟是要把他培养成一个高超的锁匠，他必须做到心中只有锁而无其他，对钱财视而不见。

　　襄阳老锁匠一生修锁无数，技艺高超，为了不让他的技艺失传，人们帮他物色徒弟。最后，老锁匠挑中了两个年轻人，准备将一身技艺传授给他们。

　　一段时间以后，两个年轻人都学会了不少东西。但两个人中只有一个能得到真传，老锁匠决定对他们进行一次考核。

　　老锁匠准备了两个箱子，分别放在两个房间，让两个徒弟去打开，谁花的时间短谁就是胜者。结果大徒弟只用了不到 10 分钟就打开了箱子，而二徒弟却用了半个小时，众人都以为大徒弟必胜无疑。

　　老锁匠问大徒弟："箱子里有什么？"

　　大徒弟眼中放出了亮光："师傅，里面有很多值钱的东西，全是金银珠宝。"

　　老锁匠问二徒弟同样的问题："箱子里有什么？"

　　二徒弟支吾了半天说："师傅，我没看见里面有什么，您只让我打开锁，我就打开了锁。"

　　老锁匠十分高兴，郑重宣布二徒弟为他的正式接班人。大徒弟不服，众人不解。

　　老锁匠微微一笑说："不管干什么行业都要讲一个'信'字，尤其是我们这一行，要有更高的职业道德。我收徒弟是要把他培养成一个高超的锁匠,他必须做到心中只有锁而无其他,对钱财视而不见。否则,稍有贪心,登门入室或打开箱子取钱易如反掌,最终只能害人害己。我们修锁的人,每个人心中都要有一把不能打开的锁。"

成长悟语

　　俗话说:"人无诚信不立。"一个讲诚信的人,才能得到别人的信任。而且做人要有自己的道德标准,无论何时,这个标准都是不能触犯的。这样才能成为一个正直、善良、诚实的人。

给别人一把钥匙

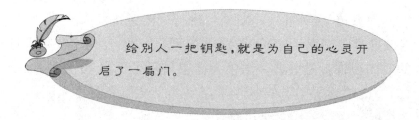

给别人一把钥匙,就是为自己的心灵开启了一扇门。

　　19世纪早期,在德国的一个小村庄里,坐落着一个由石墙围起的古老教堂,里面有精美的雕刻,彩绘玻璃和一架华美的管风琴。管风琴向来以宽广的音域和饱满的音色被赋予"乐器之王"的美称。

　　这一天,教堂里正在干活的一位老管理员,忽然听到教堂避难所的橡木门上传来敲门声。他打开门,看到一位穿军装的士兵站在台阶上。

　　"先生,您可以帮我一个忙吗?"士兵说,"请允许我弹一个小时的管风琴好吗?"

　　"很抱歉,年轻人,"管理员回答说,"除了我们自己的风琴演奏者外,不允许外人弹奏它。"

"但是先生,贵教堂的管风琴闻名遐迩,我远道而来,只为了能亲眼见到它,弹奏它,仅一个小时!"老人犹豫了一下,悲伤地摇了摇头。

"好吗?"士兵请求道,"我的指挥官只允许我请假24小时。过几天我们将到另外一个省,在那里将有一场残酷的战斗。恐怕这是我一生中最后一次弹奏管风琴的机会了。"

老管理员不情愿地点点头。他打开门,招手让士兵进来,然后从衣袋里取出一把钥匙递给他:"管风琴锁着呢,这是钥匙。"

士兵用钥匙打开管风琴华丽的琴盖,然后弹奏起来,宏伟的音符如一排排波浪从管风琴金色的音管中翻腾而出。老管理员震撼了,他的眼中闪动着泪花,在门口的长椅上坐了下来。

不到几分钟,教堂门口已经聚满了附近教区的村民,他们朝里窥视,纷纷摘下帽子踏进避难所来倾听,优美的旋律在避难所回荡了一个小时。拥有天才手指的风琴弹奏者完成最后一个音符后,双手从键盘上抬起。

士兵放下琴盖锁好,当他站起转过身来的时候,惊讶地发现教堂里坐满了人,村民们是暂停手中的活儿来听他演奏的。那个士兵谦逊地接受着人们的称赞,然后从过道中央走过,把钥匙归还给老管理员。"谢谢。"年轻人感激地说。

老人起身接过钥匙,"谢谢你!"他一边回答,一边握住年轻士兵的双手,"这是我年迈的双耳听到过的最动听的曲子,请问,你叫什么名字?"

"我叫费力克斯,"士兵回答道,"费力克斯·门德尔松。"

老管理员听到这个名字时,眼睛睁大了。眼前的这个士兵,20岁以前就已经是享誉欧洲大陆最著名的作曲家了。老人注视着这个士兵离开教堂消失在村庄的小路上,他喃喃自语道:"我差一点儿没有给他钥匙而错过这支美妙的乐曲!"

给别人一把钥匙,就是为自己的心灵开启了一扇门。常常给予别人一个力所能及的帮助,你将获得震撼心灵的回报。

([美]理·戴维士　北　佳/译)

俗话说:"助人为快乐之本。"帮助别人的时候,往往也是在帮助自己。给别人的帮助虽小,却像一把钥匙打开了彼此的心门,让世界充满了温馨动人的故事。

老禅师和他的徒儿

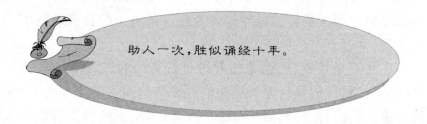

助人一次,胜似诵经十年。

老禅师带着徒儿下山游方化缘,归途中遇见一个饿得奄奄一息的年迈老妪。

老禅师当即命徒儿留些干粮和银两给老妪,徒儿有些不情愿,老禅师打句佛语,问徒儿他们身上的银两和口粮共有多少。徒儿说口粮仅够三天,银两才化得5两白银。老禅师额首微笑道:"口粮三日总有食完之时,白银5两也不足以修缮一座破庙,但与一无所有的人相比,我们师徒已属幸哉。"说完,老禅师留下了3两白银和师徒两人两天的口粮,随后转身离去。

一路上,老禅师见徒儿闷闷不乐,便道:"生死与功德只在一念之间,这些银两和食物对我们来说只不过是暂时能维持生计罢了,可对施主却是救命之物啊。"徒儿似懂非懂。几年后,老禅师油尽灯枯,圆寂前他把一本经书交到徒儿手中,翕动着嘴唇却没能来得及说出最后一句话。那经书徒弟年幼时就已经倒背如流，故而未曾翻阅便搁在了一边。

年轻的徒儿继承师位后持庙有方，破旧的小庙不断扩建。徒儿心想，等庙筹建完毕，一定谨遵老禅师的教诲去广济百姓。可是当寺庙颇具规模后，他却又想，等庙宇具有规模后再济助行善吧。时光荏苒，等徒儿年至耄耋时，寺庙已是殿壁辉煌良田百顷。可是，几十年来他却因忙于建庙，疏于善事，最终没有做过一件有功德的事情。临终前，徒儿突然想起老禅师留下的那本经书，当他翻开扉页，顿然号啕大哭。但见经书上赫然写着老禅师当年未及点明的忠告——助人一次，胜似诵经十年。

其实，帮助别人并非要等到自己有足够的能力后才去为之，力所能及的援助才有着更为深刻的意义。在现实生活中，与不吝施舍的富足者相比，那些具有慷慨之心的穷人往往比前者显得更为伟大与高尚，尽管他们的援助是那么"微不足道"。

成长悟语

只要目的是为了帮助别人，富人的 10 万和穷人的 10 块在天平上是平等的。不要老埋怨说自己没有能力帮助别人，只要尽了自己的能力，即使很小的援助也能给人带来重生的希望，这个世界也会少些悲剧。

第一辑　首先是做个好人

首先是做个好人

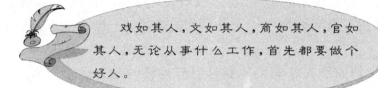

> 戏如其人,文如其人,商如其人,官如其人,无论从事什么工作,首先都要做个好人。

　　有一次,好莱坞的一位国际知名演员正要走进影棚,一位朋友提醒他,纽扣上下扣反了。他低头看了看,连声向朋友道谢,并赶紧扣好纽扣。可等他的朋友走开以后,他又重新故意把纽扣上下扣反。

　　一个年轻人正好瞧见这一过程,便不解地问他是怎么回事。知名演员回答说,他扮演的是个流浪汉,扣反纽扣正好表现出流浪汉不注重形象、对生活失去信心的一面。

　　年轻人更加困惑地问道:"可你为什么不向朋友解释清楚,说这是演戏的需要呢?"

　　知名演员坦然地笑了, 说:"他提醒我是把我当做真正的朋友,是出于对我的关心。假如我一定要解释个清楚,就极有可能让他认为我做任何事都是有准备的,有一定原因的。久而久之,谁还能指出我的缺点呢?在他们眼里,我的缺点也可能被误认为是有个性。如果没有人及时地指出我的缺点和错误,那我怎么能不断地完善自己呢?"

　　金无足赤,人无完人。这位知名演员原来是为了不断地完善自己,所以才给别人留下批评自己的机会。

　　日本的歌舞伎大师堪弥也遇到过与好莱坞知名演员相似的提醒。

　　有一回,堪弥大师扮演古代一位徒步旅行的百姓,正当他要上场的时候，一个门生提醒他说："师傅，您的草鞋带子松了。"

他回答了一声："谢谢你呀。"然后立刻蹲下，系紧了鞋带。当他走到门生看不到的舞台入口处时，却又蹲下，把刚才系紧的带子重新又弄松。

原来，他的目的是要用草鞋带子的松垮，来表现这个百姓长途旅行的疲惫不堪。演戏细腻到如此的地步，这位大师确有其过人之处。

正巧那天有位记者到后台采访，看懂了这一幕。等演完戏后，聪明的记者问堪弥："您为什么不在当时指教学生，因为他还不懂得你演戏的技巧啊。"

堪弥回答说："对待别人的亲切关爱与好意，我必须坦然接受。要指教学生演戏的技能，机会多的是，在今天的场合，最重要的是要以感谢的心情去接受别人的提醒，并给予回报。"

大师一身艺，千古一剧情；难得演好戏，更难做好人。戏如其人，文如其人，商如其人，官如其人，无论从事什么工作，首先都要做个好人。

（蒋光宇）

成长悟语

别人的好心提醒，也许不是正确的，却都是出于善意的。我们要怀着感恩的心去感谢他们的指点，让别人乐意继续指出缺点，这样保留了给人批评指正的机会，才能更好地完善自身。

幸运的青年

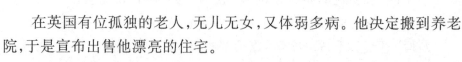

> 青年的幸运在于他的真诚和细腻，还有他给了老人卖房子最想要的代价——情感，这是再多的金钱都不能替代的。

在英国有位孤独的老人，无儿无女，又体弱多病。他决定搬到养老院，于是宣布出售他漂亮的住宅。

因为这是一所有名的住宅，所以购买者闻讯蜂拥而至。住宅的底价是8万英镑，但人们很快就将它炒到10万英镑，而且价钱还在不断攀升。老人深陷在沙发里，满目忧郁。是的，要不是健康状况不行了，他是不会卖掉这栋他度过大半生的住宅的。

一个衣着朴素的青年来到老人面前，弯下腰低声说："先生，我也想买这栋住宅，可我只有1万英镑。""但是，它的底价就是8万英镑，"老人淡淡地说，"而且现在它已经升到10万英镑。"青年并不沮丧，他诚恳地说："如果您把住宅卖给我，我保证会让您依旧生活在这里，和我一起喝茶、读报、散步，相信我，我会用整颗心来照顾您！"

老人站起来，挥手示意人们安静下来："朋友们，这栋住宅的新主人已经产生了，就是这个小伙子！"

青年不可思议地赢得了经济上的胜利，梦想成真。

成长悟语

孤独的老人需要的其实就是一个伴而已。青年的幸运在于他的真诚和细腻，还有他给了老人卖房子最想要的代价——情感，这是再多的金钱都不能替代的。

变成富翁的方法

只有学会从最微小的事做起，帮助别人，又通过别人的帮助得到进步，才能一步一步迈向成功的大门。

亨利六世时期有个人叫特德，他很想成为一位富翁。

特德家境贫寒，从小到处流浪，努力寻求如何才能变成富翁的方法。他当过泥瓦匠，卖过服装，当过跑堂的伙计，还用多年积攒的钱贩卖过食盐。然而，几年过去了，他不仅没有变成富翁，反而将积攒的一点儿钱花得一干二净，他本人也因为屡屡失手而变得心灰意冷。他感叹人生无常、命运不公，觉得辛辛苦苦地干活也是无济于事，到头来还是个沦落街头、衣衫褴褛的流浪汉。

在一个风雨交加的夜里，一连 3 天水米未进的他跌跌撞撞地拐进了一座破教堂。雷电交加，照亮教堂里的一尊神像，他跪在地上，虔诚地向神诉求："神啊，你大慈大悲，为什么不能指点我一条成为富翁的路呢？"他饥饿交织，瘫倒在地上。

冥冥之中，特德仿佛听见神说："年轻人，世间的万物皆互为因果，因便是果，果即为因。从此以后，凡是你碰到的东西，哪怕何等微小，你也要珍惜爱护，没有绝对无用的东西，为你遇上的人着想，你会有好报的。"

特德突然惊醒，神的话他却牢牢记在了心上，决心遵照神的指示去做，重新振作起来。次日清晨，他来到一条小河边洗了洗脸，见水面上浮着一片枯叶，上面一只小蚂蚁正在挣扎。他小心翼翼地捡起那片枯叶，将小蚂蚁放到地上。小蚂蚁迅速地领来了一群蚂蚁，他们排成黑压压的一队,指示特德往西南走去,果然翻过一个小坡,下面是一片茂密的野果林。特德饱饱地吃了一顿,又摘了几个揣进怀里;他继续赶路,不久碰到一个躺在路边的商人,原来商人迷了路,已经几天没吃东西了。特德给了商人两个果子,商人甚是高兴,就送了特德一瓶灯油继续往前走。

天黑了,特德来到一间黑屋子前。屋里没有灯,只有孩子的哭声,原来这家人的孩子病了,天黑路远请不到医生,特德把灯油倒进油灯中,提着油灯请来了医生治好了孩子的病。

孩子的父亲十分感激年轻人,送了他一锭金子作为报答。特德用这锭金子买了一个果园,由于他为人厚道帮助他的人很多,几年以后,特德有了自己的花园,成为远近闻名的富翁。

成长悟语

不积跬(kuǐ)步,何以至千里?不屑于小事而妄想一步登天,那是不可能的。人与人之间的交往本来就是一个互助进步的关系。只有学会从最微小的事做起,帮助别人,又通过别人的帮助得到进步,才能一步一步迈向成功的大门。

美德的价值

做事关系一事成败,做人牵系一生成败。

当年,还只是一名矿泉水推销员的戴刚,为了推销罐装的矿泉水,每天骑着自行车奔波在城市的大街小巷、公司厂矿。因为当时罐装矿泉水刚刚推出，人们还都不是很认可，他的收获不是很大，最初的一个月，他只推销出去了16罐。他的月薪很低，只有象征性的300元，主要是赚取效益工资，每推销出一罐矿泉水提成5角钱。

第二个月，他新联络到32个用水客户。

第三个月，他依然满怀信心地奔波着。

这天，他骑着自行车驮着一罐矿泉水去给5000米外的一家居民送货。用水居民家只有一位坐在轮椅上的老妇人。在他帮助老妇人将水罐装到饮水机上的时候，老妇人家的电话响了。装好水罐，等待老妇人签收的时候，他通过与老妇人的交谈了解到，老妇人家来了外地客人，客人因为不知道老妇人家的具体位置，让老妇人去车站接，而老妇人的儿子却出差到了外地，保姆又刚刚出去买菜了，老妇人很为难。他试探着询问老妇人，在得到确认后，表示他可以去车站帮助老妇人接客人。他下了5楼，到汽车站将老妇人的客人接回来。

一周后，他不断接到老妇人居住的那栋楼住户的订水电话；两周后，老妇人的儿子打来电话，表示他所在的公司决定为每间办公室订水。

此后，不断有新的订水电话打来，说都是那些用水客户介绍来的。第三个月，他的推销成绩猛增到600多罐。他想自己的成功应该感谢老妇人，这天，他又一次来到老妇人的家，表示感谢，老妇人却笑着对他说道："应该感谢的是你自己。因为你帮助了我，我就将你介绍给了我的邻居和我做经理的儿子，建议他们都用你的水，因为像你这样的人，一定拥有许多美德和能力，是一个值得信任的人。我的邻居和儿子又相继将你介绍给了别人……"

半年后，他已经拥有了4840多个用水客户，每个月都能够销售出去近8000罐水，公司为此配了两辆送水汽车。

他的出色业绩也使他被提升为区域销售经理，底薪达到3000元。

仅仅代接了一次客人，就迎来了半年内业绩百倍骤增的机遇。美德总是看似平实，但价值不菲。

要想成功地做事，首先要成功地做人。做事关系一事成败，做人牵系一生成败。

（阿　唐）

美德是无价的，一些看似平凡的小事常能看出一个人的高尚品格。平时做事不要太计较眼前得失，不为酬劳地帮助别人，这让你的美德闪闪发光，生活将在你意料之外带给你丰厚的酬劳。

两 根 蜡 烛

在那一瞬间，汤姆猛然意识到了很多，他明白了自己失败的根源就在于对别人的冷漠与刻薄。

汤姆是一个工程师，在生活中屡屡受挫，虽然人过中年，但事业还是一无所成。因此也常常无端地发脾气，抱怨别人欺骗了他。终于有一天，他对妻子说："这个城市令我失望，我想离开这里，换个地方。"无论朋友们如何相劝，都无法改变他的决定。

和妻子来到了另外一个城市，搬进了新居。这是一幢普通的公寓楼。汤姆忙于工作，早出晚归，对周围的邻居未曾在意。

一个周末的晚上，汤姆和妻子正在整理房间，突然，停电了，屋子里一片漆黑。汤姆很后悔来的时候没有把蜡烛带上，只好无奈地坐在地板上抱怨起来。

门口突然传来轻轻的、略为迟疑的敲门声，打破了黑夜的寂静。

"谁呀？"汤姆在这个城市并没有熟人，也不愿意在周末被人打扰。

他很不情愿地起身,费力地摸到门口,极不耐烦地开了门。

门口站着一个小女孩,她怯生生地对汤姆说:"先生,我是您的邻居。请问您有蜡烛吗?"

"没有!"汤姆气不打一处来,"嘭"的一声把门关上了。

"真是麻烦!"汤姆对妻子抱怨道,"讨厌的邻居,我们刚刚搬来就来借东西,这么下去怎么得了!"

就在他满腹牢骚的时候,门口又传来了敲门声。

打开门,门口站着的依然是那个小女孩,只是手里多了两根蜡烛,红彤彤的,就像小女孩涨红的脸,格外显眼。"奶奶说,楼下新来了邻居,可能没有带蜡烛来,要我拿两根给你们。"

汤姆顿时愣住了,好不容易才缓过神来:"谢谢你和你奶奶,上帝保佑你们!"

在那一瞬间,汤姆猛然意识到了很多,他明白了自己失败的根源就在于对别人的冷漠与刻薄。

屋子亮了,心也亮了。

成长悟语

　　一直埋怨生活的不如意是没有用的,最重要的是要以轻松的心态去感受生活中美好的地方,消除自己的冷漠刻薄,这样你会突然发现生活里阳光普照。两根蜡烛,在停电的夜晚却燃亮了一颗本来灰暗的心。

一位老锁匠这样对他的徒弟说：不管干什么行业都要讲一个"信"字，尤其是我们这一行，要有更高的职业道德。我收徒弟是要把他培养成一个高超的锁匠，他必须做到心中只有锁而无其他，对钱财视而不见。否则，稍有贪心，登门入室或打开箱子取钱易如反掌，最终只能害人害己。我们修锁的人，每个人心中都要有一把不能打开的锁。

内心的高贵比能力更重要

让 小 学 生 学 会 做 人 的 100 个 故 事

一个美国心理医生发现，那些乐于公益事业的名人、富豪，很少有怪癖或者不良记录，也几乎不看心理医生，他由此得出一条公理：当你总是对别人说谢谢的时候，你是找不到快乐的；当别人由衷地对你说"谢谢"的时候，快乐就会来找你。

内心高贵的人有时比有能力的人更容易成功，也能享受生活细节中的美丽，因为做人做事拼到最后，比的还是内心。

仅 此 而 已

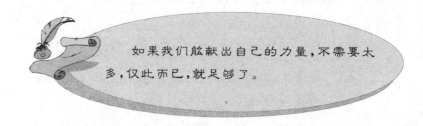

如果我们能献出自己的力量，不需要太多，仅此而已，就足够了。

在二战即将结束的日子里，一架英国战斗机在敌区执行任务时不幸暴露了目标，德军高射炮齐发，有的炮弹甚至直接打入了油箱。飞行员想，自己的生命就要走到尽头了。但这些炮弹在油箱里竟然没有爆炸，真是不可思议。

受到奇迹鼓舞的飞行员振作精神，终于冲出重围，安全地返回了基地。后来技师从飞机油箱里取出了 11 枚高射炮弹。令人惊讶的是，它们个个完好无损！11 枚炮弹被解体后，人们才恍然大悟：这些炮弹都是空壳，里面根本没有炸药。在其中一个弹头里，有人发现了一张用捷克语写的字条："我能做的仅此而已！"

原来，这些被做过手脚的炮弹是德国军工厂里的地下反法西斯组织成员的杰作。二战期间，他们的空心炮弹救过很多盟军的战士。但是为了保护地下组织人员的安全，盟军很少对外界提起这些救命的炮弹。直到战争结束后，才公开了这个秘密。

那位捷克工人，在严密的监视下，至少往生产线里投放了 11 枚空壳炮弹。他说："我能做的仅此而已！"他一定觉得自己的力量太弱小了，对反法西斯的贡献微乎其微，或者还曾怀疑过自己的此举是否有意义。但他却不知道，就是因为他默默地努力，换来的是战士的生命和希望。

所以,不要埋怨我们的力量弱小,只要努力就行。假如我们只能种植下一棵树,这棵树或许就能成为参天大树,洒下一片绿荫;假如我们只能节约一碗水,这碗水就可能发挥出它的价值,灌溉一个生命。关键是看你是否用心去做,如果我们能献出自己的力量,不需要太多,仅此而已,就足够了。

(薛　峰)

成长悟语

滴水和沙子纵然只是自然界中异常渺小的"一个",但它们依然可以凭着微薄之力各自汇聚成江河和沙漠。人也一样,虽然力量有限,但我们能够把这小小的力量发挥到有效之处,使之力尽其用。一个人的力量,不要计较他能改变多少,只在乎我们是否用心付出了所有。

一个人的坚守

一个人只要坚守,即使你再渺小,你也会成为大海中的一座灯塔,慢慢地开始引领航船的方向。

在日本北海道附近海域,生长着一种名叫船鱼的鱼种,它们成群结队,在浅海里生活着。

当地渔民最喜欢捕食船鱼。但在一个小渔村里,这种鱼却是"圣

鱼",不能随意捕杀,如果它们被渔网打上来,就应放生。这个小渔村里的人认为,如果捕杀船鱼,他们驾船出海时,就会遭遇恶浪,遭到船鱼的惩罚。

一个小渔村的风俗,显然不能左右当地渔民的捕鱼习惯。但是,这个小渔村一直不肯妥协,每到渔猎季节,小渔村就会派出一位德高望重的老者到港口规劝渔民。

没有人会听信老者的话,他们早晨驾船出发,晚上捕了船鱼回来,大海一切风平浪静。

但是,这个小渔村仍然坚守着这条规矩,每当前一位老者年老体衰,小渔村就会再选派出一位老者,继续他们的规劝工作。

这样的风俗延续了上百年。

直到有一年,日本有一位渔政长官偶尔踏上了这片偏僻的土地,偶然遇到了正在规劝渔民不要猎捕船鱼的老者。

渔政长官十分奇怪。

这种船鱼并非在禁捕之列,而是浅海中十分普通的鱼种。当他得知这个小渔村为了禁止其他渔民捕杀船鱼,已经规劝了上百年时,他十分震撼。

渔政长官后来就派遣渔业专家作了一次调查,发现船鱼在海洋污染和渔民的大量捕猎下,种群急剧下降。在渔政长官的建议下,当地渔民开始限量捕杀船鱼。

这则消息传到那个小渔村,小渔村沸腾了,人们奔走相告,欢庆这个喜讯。

日本有家电视台采访了这个故事,并把最后一位规劝他人不要捕杀船鱼的老者请到了电视台。老者说,村人把自己的职业叫做"灯塔"。因为"灯塔"虽然很小,很不起眼,但却可以引领船只的航线。

节目播出后,许多观众被这个故事深深打动了。一个人只要坚守,即使你再渺小,你也会成为大海中的一座灯塔,慢慢地开始引领航船的方向。

(流 沙)

成长悟语

或许我们不能左右别人的选择，但我们可以始终坚守自己的一份信念。明知自己不能改变什么，但也要努力让别人明白自己正确的理由。终有一天，当别人注意到你的时候，你就可以帮助他们选择正确的方向。

无人看见的鞠躬

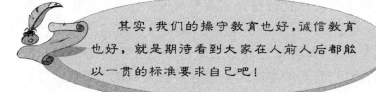

其实，我们的操守教育也好，诚信教育也好，就是期待看到大家在人前人后都能以一贯的标准要求自己吧！

在东京坐过一次小巴，是那种很不起眼的小型公共交通工具，从涩谷车站到居住社区集中的代官山。我上车就注意到司机是位娇小的女孩，穿着整齐的制服，戴着那种很神气的筒帽，还有非常醒目的耳麦。我们上车的时候她就回头温柔地说"欢迎乘车"，我立刻就觉得这样的车程是温馨愉快的。

路途中我发现司机最忙的可能是嘴。因为她带着耳麦，时刻都在很轻柔地说着什么，比如"我们马上要转弯了，大家请坐好扶好哦"，"我们前面有车横过，所以要稍等一下"，"变绿灯了，我们要开动了"，"马上要到站，要下车的乘客请提前做好准备"。

我觉得这样也挺有趣，一边坐车一边还可以猜猜人家说的是什么。到了其中一站的时候，司机讲了很多话。正当我们猜测得难解难分

的时候,车门打开了,上来一个同样打扮的女司机。她朝车里的乘客们深鞠一躬,说:"接下来由我为大家服务,请多关照。"

哦!原来她们是要交接班了!然后她下车绕到驾驶位,和之前的司机交接工作。她们简单交谈了几句,然后互相深深地鞠躬,接着交换位置。新司机握好方向盘,同样温柔地说:"我们马上要开动了,请大家注意安全。"这时之前的司机在路边对乘客说:"谢谢大家,祝大家一路平安!"

车开动了。我无意中回头,发现之前的司机静静地在路边朝我们行驶的方向鞠着90度的躬,许久许久。

我说了这么多那次乘车的细节,重点就在这个无人看见的鞠躬。那天下着小雨,在社区边安静的小路旁,一位娇小的女孩诚心诚意地对着她的乘客离去的方向深深地弯下腰去。这个场面让我当时就相当有感触,平平静静地定格在我的记忆中。

很多人都觉得日本人的礼数太啰嗦。我亲身经历的那次交接班的过程也很可能会让你觉得过分复杂和矫情。我也无意推崇某些具体的做法,我甚至也觉得过多的客套话和没完没了的鞠躬其实已经不太适合这个快节奏的时代,可是我感动于这个无人看见的鞠躬。这让我觉得,职业的操守、行为的准则不是遵守给别人看的。如果你没有从心里理解和接受一种做法,你就没有办法发自内心地把它做得透彻到位。别人监督的时候当然可以很好地表现,没有人看见的时候呢?是否也能同样地好自为之? 其实,我们的操守教育也好,诚信教育也好,就是期待看到大家在人前人后都能以一贯的标准要求自己吧!

没人看见的时候,你也会鞠躬吗?

(何　炅)

成长悟语

　　如果一个人始终恪守自己为人的准则,那么无论身在何时何地,他都能够坚定不移地从高从严要求自己。态度决定一切行为,每个人都有不同的准则,但每个人都应以一种认真的态度执行标准。

你掉了一样东西

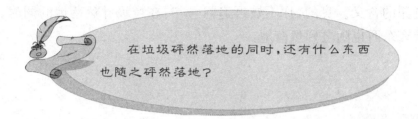

在垃圾砰然落地的同时，还有什么东西也随之砰然落地？

这是一件真事，可听起来简直像个笑话。有一个女人，穿着不方便的长裙，在月台上追赶一张在风中飞跑的纸。热心的人们看见她万分焦灼的样子，便纷纷加入了援助追纸的队伍。可那张纸仿佛要存心逗弄大家，飞起又落下，落下又飞起，像附了魂一样。越是这样，人们追上它的决心也就越大。大家认定那是一张太重要的纸，捉不住它，那女人定会无比伤心失望的。终于，在众人的共同努力下，那张纸乖乖就范了。那个幸运地捕住了纸的人，得意地将战利品朝女人递过去。女人优雅地向人家道谢，然后，拈着那张纸，在众目睽睽之下走到垃圾筒前，将它塞了进去。回过身，她微笑着对大家说："好了，现在这一片垃圾终于到了它应该去的地方。"

你可能会问：这件事发生在哪里？别急，请先回答我一个问题：这件事不会发生在哪里？我想，这个问题，你我都一定具备足够的资格回答。

我认识一位官员，他说，他在澳大利亚办了一件特"栽面"的事。一天，他们参观团的汽车在野外飞驰，他吃了一根香蕉，随手就将香蕉皮扔出了窗外——反正车上也没外人，连翻译都是同胞。但是，他忽略了一个问题，那就是，司机是地道的澳大利亚人！"吱——"一个紧急刹车，司机一声不响地跳下车去，快速往回跑，拣回了那个香蕉皮，然后又一声不响地上车，开动。一车中国人面面相觑。翻译耸耸肩说："别在意，他拣这玩意儿跟你扔这玩意儿一样自然！"我的那位官员朋友说：

"唉，瞧我这嘴巴子挨的哟！"

我的学校里曾经有一位气质非凡的女校长，当看见学生随手将垃圾丢在地上时，她总是要追上那人，温和地提醒他(她)："嗨，你掉了一样东西。"有学生反应极其迟钝，居然对她感激地笑笑说："没有啊，校长。"她便指着地上的东西给他(她)瞧，那人于是面红耳赤地拾起垃圾，跑掉了。

"你掉了一样东西"，我喜欢反复揣摩这句话，挖掘潜隐在它下面的更深的含义。真的，你不妨再追问一句：在垃圾砰然落地的同时，还有什么东西也随之砰然落地？

(张丽钧)

成长悟语

一件垃圾哪里都有它的藏身之处，但不是每一个地方都是适当之处。不要贪图一时的方便而随意将垃圾丢弃。在你潇洒地把垃圾随手一甩的同时，公德心也随之被丢掉。我们为何要像随手扔掉一件垃圾那样，轻易地抛弃我们的美德呢？

人性的光辉

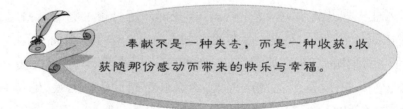

奉献不是一种失去，而是一种收获，收获随那份感动而带来的快乐与幸福。

一

那还是在上两个世纪，有一个小女孩读到了一本关于古希腊学者阿基米德的书，里面讲述了他被破城而入的罗马士兵用长矛杀死前，还在沙地上画几何图,甚至头也不抬地说:"请等一等,让我把这道题解完……"这个故事使小女孩受到极大感动,她发誓要像阿基米德那样献身数学事业。

这个小女孩后来成为法国出色的数学家和物理学家,她参与了著名的"费马大定理"的论证。鉴于其非凡的业绩,法国科学院授予她金质奖章。她就是索菲·热尔曼女士。

1806年,拿破仑大军横扫欧洲大陆,当攻陷普鲁士城堡时,前线军官对手下传达了一项命令:一定要保护大数学家高斯教授,任何人不准侵扰和伤害他。

同样都是大军压境,阿基米德和高斯同样都是大数学家,为什么他们的命运和遭遇会截然不同呢?高斯为什么会受到保护呢?原来保护他的人正是索菲·热尔曼。那位下令保护高斯的前线军官正是索菲·热尔曼的男友,是她对男友的那份特殊重托使高斯幸存了下来。

在这个世界上,总有一些精神让我们感动。人类正是有了一代又一代献身科学、献身事业的精英,正是他们的奉献精神,一次又一次地感动着我们,让我们变得纯粹起来,变得高尚起来,让我们的这个世界变得美好起来,变得充满希望起来。

二

与美国火箭队续约5年的姚明,身价高达7600万美元,对他来说,一场重要比赛,可能为他赢得数百万元美元的收入。

不久前,姚明加入了中华骨髓库捐献造血干细胞志愿者行列,记者为此采访了他:

"现在你是中华骨髓库的志愿者,是真的捐献还是作为一个形象代言人?"

"我已经签过意向书了,一旦匹配成功的话,马上就捐献。"

"如果你正在举行一场重要的比赛呢?"

"有什么比生命更重要吗?"

有什么比生命更重要吗？但愿这句反问，能在那些漠视别人生命的人的心中激起一分觉醒，激起一分良知，激起一分对生命的敬畏和尊重。

三

肯尼斯·贝林是现在美国最富有的400人之一，他拥有顶级豪宅、世界级经典汽车、私人飞机，他应有尽有，似乎什么都不缺。然而，巨大的财富却并没有给他带来快乐。

促使贝林改变人生态度的是一件小事。那是1999年，一家慈善机构找到他，希望他能够用私人飞机顺路带些捐赠物品到罗马尼亚，其中包括6把轮椅。在罗马尼亚的一家医院里，贝林平生第一次把一位老人扶上了轮椅。坐上轮椅的老人，感动得老泪横流。老人说，他妻子过世了，他又患了中风不能走路，如果没有轮椅他只能永远待在没有阳光的屋子里。老人越说越激动，紧紧握住贝林的手说，现在坐上了轮椅，他也可以走出院子和邻居一起闲聊抽烟了。贝林听完老人的话后，百感交集，他想，他只不过把老人扶上了轮椅，却好像把老人扶上了人生幸福的轨道。

这件小事，点燃了贝林从事慈善事业的激情，接下来的几年里，他频频光顾非洲的医院和世界各个贫穷国家。2000年他创立了轮椅基金会。据统计，轮椅基金会已向全球130多个国家捐赠了37万把轮椅。

贝林是一个深知为富之道的人，就像他在自传《为富之道》一书中所说的那样：起初，我以为钱挣得多就是目标，而事实是，我把梯子靠错了墙，爬到顶后发现错了。但我毕竟是有福的，罗马尼亚之行改变了我的人生态度，让我懂得了奉献的意义和价值。当然，这么做并不是为了得到回报，而是为了享受奉献所带来的快乐。

财富的终极目的不是为了敛聚，而是去实现它价值的最大化，去帮助那些最需要帮助的人，并从中享受由此带来的幸福和快乐，这才是真正的为富之道。

（黄小平）

　　当我们为着科学或他人欣然付出的时候，我们开始了人性的觉悟，懂得了作为人的价值追求。哪里需要我们，我们到哪里奉献。哪里有奉献，哪里就有希望、有感动。奉献不是一种失去，而是一种收获，收获随那份感动而带来的快乐与幸福。

美德是生命最精彩的部分

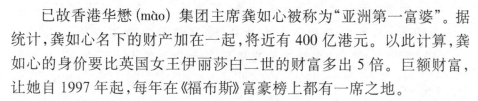

　　一贫如洗也好，富可敌国也罢，其生命中最精彩的部分，都是其为人处世中表露出的种种美德。

　　已故香港华懋（mào）集团主席龚如心被称为"亚洲第一富婆"。据统计，龚如心名下的财产加在一起，将近有 400 亿港元。以此计算，龚如心的身价要比英国女王伊丽莎白二世的财富多出 5 倍。巨额财富，让她自 1997 年起，每年在《福布斯》富豪榜上都有一席之地。

　　但是，龚如心和其他富翁也没什么两样：有钱，以及一段积累这些财富的所谓"传奇"经历。如今有钱人多如天上繁星，所以见多不怪的人们对他们早已没有关注的兴趣了。引起人们注意的，是这位亚洲女富豪生命中的其他细节。

　　龚如心从来不穿名牌衣服，她的衣服都很普通，好多都是朋友亲手做给她的。她从没有花钱理过头，头发都是自己剪的。对于饮食，海鲜宴席在她眼里更是"贵得要命"，所以她从不享用鲍参翅肚，而只吃简单的快餐，

吃剩下的饭菜还要打包带走。她对坐车的态度也十分随便,经常坐极普通的轿车。有一次,龚如心的华懋集团开楼盘,负责按揭的银行送几盒蛋糕到售楼处慰劳员工,在场的龚如心毫不客气,把剩下的蛋糕全部带走。更令人难以想象的是,这位亚洲女首富每个月的花费不会超过 3000 元!

但是,这样一个对自己近乎苛刻的女性,做起善事来却慷慨大方。早在 20 世纪 90 年代,龚如心就捐建了一座"华懋护理安老院"。1993年,华东发生水灾时,她捐款 300 万港币。从 1995 年起,龚如心又设立了"如心农业奖励金",每周奖励一名小有成就的普通农民,一年 54名,奖金为每人 1 万元人民币。1997 年,龚如心又出资 2000 万元人民币设立了教育基金会,支持中国国内 6 所大学的教育事业。就在逝世前不久,她还在香港发起筹建"中国老区发展基金会",向中国老区建设促进会捐赠 500 万元港币,龚如心的善举几乎遍布了各个行业。

"最开心的事情就是赚钱,赚了钱才能帮助更多的人。"这是龚如心曾说过的一句话。品读这句话时,让人心灵一动,感觉其远比那道叫做财富的光环更为耀眼夺目。

每个人活着,一贫如洗也好,富可敌国也罢,其生命中最精彩的部分,都是其为人处世中表露出的种种美德。

成长悟语

美德,使财富不再代表独揽,而是慷慨。单单拥有丰富物质的人,只可以惹来别人的羡慕,唯有他们具有了美德,才真正值得他人敬佩,才能显示出他们高于物质的人生价值。

小女孩的布娃娃

所有的人文关怀,所有珍惜生命、尊重人权的话语,都比不上这个交警在这短短几分钟里的所作所为那么光辉动人。

一位年轻的妈妈骑着自行车在大街上前行。一个四五岁大的女孩坐在自行车后座的围座里,怀里抱着一个布娃娃。

路上,行人如织,车水马龙。年轻妈妈的自行车,是在交通指示灯转为红灯之前的一刹那,在路口中央岗亭上的交通民警的注视下,加速驶过十字路口的。

就在这时,她背后的小女孩尖厉地叫了起来,小身子使劲晃着——她的布娃娃在自行车加速前进的时候掉到地上了。年轻妈妈停下车回头一看,它正手脚朝天地躺在路口中间,远看真像一个无助的婴儿。两边排着长龙的汽车已经发动,正向它的方向驶去。眼看布娃娃将要被碾烂,女儿大声哭喊着翻身下车要去捡它。妈妈死死拉着她不放手。这时,小女孩放开嗓门朝交警大喊一声:"叔叔,救救我的娃娃。"

本以为只是不懂事女儿的异想天开,可让这位年轻的妈妈没想到的是,那个交警果断地做了一个手势,两边的汽车戛然而止,交警跳下岗台,把布娃娃捡——不,抱了起来,接着打手势让汽车继续通行,然后快步来到母女身边。

年轻妈妈赶快迎上去,刚要说对不起、谢谢之类的话,那位交警立正,举手敬礼,说:"在公路上,请照顾好您的孩子。"却并没把布娃娃交给她,而是转身走到小女孩面前,郑重地交给她,又是一个立正,举手敬礼:"请照顾好你的娃娃。"

那个妈妈愣住了。

所有的人文关怀,所有珍惜生命、尊重人权的话语,都比不上这个交警在这短短几分钟里的所作所为那么光辉动人。美好不是生造出来的,而是来自真诚的发掘,是天然的、善良的。这个警察的敬礼,尤其是第二个敬礼,将会深深印在那个小女孩的心里,教会她怎样爱人,怎样善待他人。

(非　非)

成长悟语

对人,多一分尊重,是人性的美好。这个世界应该是一个充满爱的世界,不分年龄、身份与地位,任何时候我们都要以一颗善良的心待人,关爱一切生命,尊重身边的人。待人真诚,满心快乐,无论自己还是对方。

可 怜 的 人

我们都为自己活着,监管着自己的责任。

两个同学,大学毕业一起到深圳闯天下。甲很快做成了一单大生意,升为部门经理;乙业绩平平,还是一个普通业务员,并且是甲的手下。

乙心理不平衡，就去庙里着急地找和尚，求神灵相助。和尚说："你过三年再看。"

三年后，他找到和尚，很沮丧地说："甲现在是总经理了。"和尚说："再过三年你再看。"

三年又过，他又去见和尚，气急败坏地说："甲已经自己当老板了。"和尚说："我也从普通和尚成为方丈了。我们都是自己，你是谁？我们都为自己活着，监管着自己的责任。你在干什么？你痛苦地为甲活着，监管着他。你丢的不是职位、金钱和面子，你丢掉了你自己。"

一年后，乙又来了，幸灾乐祸地说："大师，你不对，甲公司破产，坐牢了。"

和尚无语，心里悲悯："坐牢了，破产了，甲还是他自己。可是你这个可怜的人啊，还不是你自己呀！"

三年后，甲在监狱里服刑时，思索人生写了一本书，很轰动，成了畅销书。甲减刑，提前出狱，到处见记者，签名售书，成了很红的名人，无限风光。甲还在电视上与和尚一起，作为名人谈佛论道、感化众生。

乙在出租屋里看电视，手里翻着甲的书，内心极度痛苦。他就这样一辈子把自己给弄丢了。

成长悟语

光顾看着别人在前进，自己却在原地不动，那比倒退还要失败，起码倒退是因为我们尝试着去改变。别人的成功与失败都不会成为你前进的障碍，不用嫉妒他人的成功，更无须对别人幸灾乐祸，更多地关注自己，思考自己，捡回被你丢掉的自我；唯有让自己行动起来，才能改变现状。

我听见了长大的声音

"谢谢我",是我成熟的一座纪念碑。从一句句轻轻的"谢谢你"中,我听见了自己长大的声音。

17岁那年,我已长得人高马大了,和父亲站到一块儿,足足比他高出半个头来,虎背熊腰的,威武得不行。父亲常常高兴地拍着我厚厚的肩膀说:"瞧瞧,成一条大汉了。"

块头虽然不小,但因为我一不甘心像父亲那样一辈子泡在一亩三分地里,二是嫌外出打工不体面,所以整天待在家里,东游西逛无所事事。那年春天,村东头福海叔家翻盖新瓦房,人手紧,父亲跟我说:"你在家里闲着也是闲着,明天去你福海叔家帮把手去。"

我说:"我又不会干泥瓦匠活儿,我去干什么?"父亲说:"不会做手艺活儿,你搬砖运瓦总能干吧?"我一听,脖子顿时就梗了起来,"让我搬砖运瓦呀?听那一群泥瓦匠指东吆西?我不去!"

父亲瞅了我半天,叹口气:"俺知道你,又嫌去搬砖运瓦不体面了不是?不去也行,咱俩明天换换工,你去镇上买几袋化肥,我去你福海叔家帮忙。"父亲也不是什么手艺人,只有一身好力气,村里谁家翻房盖屋了,即使人家不来找,父亲听说就去搬砖、运瓦、和泥,尽做一些笨重的苦力活儿,但父亲在乡亲中却挺有威望,十里八村的乡亲们说起他,都啧啧着嘴说:"那真是个好人呀。"

第二天一清早,父亲就去了福海叔家。吃过早饭,我套好一辆架子车,拽着去 20 余里外的镇上买化肥。回来时可就难了,七八袋化肥,七八百斤重,一溜的上坡路,我拼命地弓着腰拽,没拽出多远,汗水就把上衣洇透了,两条腿儿也软得直打颤,心怦怦直往嗓眼儿跳,上气难接下气。正愁得不行时,恰遇到几个过路人,他们二话没说,将自己拎的东西往我车上一扔,就挽起袖子帮我推起来。车轱辘沙沙地,车子一下子变得又轻又快了。上到坡顶,我望着他们一张张汗涔涔的脸,心里十分感激,红着脸一个劲儿地对他们说:"大叔大婶,我谢谢你们了!"几个人淡淡地笑笑,说:"没啥,不就是搭把手嘛?"

夜里,父亲从福海叔家回来,问我:"这么多化肥,一个人怎么拉回来的?"我跟他讲了上午的事。听罢,父亲说:"你向人家道过谢没有?""当然道谢了。"我说。父亲思忖了半晌说:"你尝过别人向你道谢的滋味吗?"我摇摇头。"你整天待在家里也憋得慌,这两天买化肥的人多,你明天去路上转悠转悠,见有需要帮忙的人,就伸手帮一把吧。"父亲说。

第二天我就一个人步行着去镇上转悠了一圈。返回时,果真见有几个艰难运化肥的乡亲,想想自己昨天的事情,我默默挽起了袖子,快步上前,不声不响地帮忙推起来。车到了坡顶,拉车的人回过头来,满脸感激地说:"小伙子,谢谢您帮忙了!"

"谢谢您?"我一愣。这是我第一次听到别人对我说这样的话,脸羞得热热的,心里却兴奋极了!我以前多少次向别人道过谢,但没想到别人向自己道谢时,这瞬间的感觉是这么地美妙,像薰香的微风,又像池塘的涟漪、月夜下的曼歌。

回到家里,我还沉浸在这种兴奋和快乐中。夜里父亲回来,看到我舒心的模样,笑着问:"尝到别人向你道谢的滋味了?"我点点头。父亲又问:"比你向别人道谢的滋味怎么样?""当然感觉好多了!"

父亲笑了。父亲顿了顿说:"你长这么高了,成一条大汉了,应该懂得这种事理了。当你自己还总是对别人说谢谢的时候,你是找不到快乐的;当别人由衷地对你说声'谢谢'时,快乐就会来找你。人活这一辈子,应让别人经常对你道谢,只要你心里常揣着一句让别人'谢谢我',活着就是高兴和快乐的。"

　　"谢谢我？"我愣了，当我又细细品味了父亲的这番话后，不禁对向来不屑一顾的父亲肃然起敬了。

　　第二天早晨起来，我对父亲说："今天你忙家里的活吧，我去福海叔家帮忙搬砖运瓦！"父亲咧着嘴赞赏地笑了："去吧去吧，能给别人帮助，你才知道活着的味道。"

　　多年以后，当我阅读托尔斯泰的作品时，发现了这样一句话："为别人而生活着是幸福的！"

　　这和父亲的"谢谢我"是多么异曲同工啊！

　　"谢谢我"，是我成熟的一座纪念碑。从一句句轻轻的"谢谢你"中，我听见了自己长大的声音。

（李雪峰）

成长悟语

　　越是长大，我们越应懂得帮助他人。"赠人玫瑰，手有余香"，别人简单的一句"谢谢"，足以像泉水一样滋润我们的心田，清新而甘甜。帮助别人，从中我们已经收获成熟。

没有自信等于失去力量

爱默生说："自信是英雄的本质。"自信，是人类运用和驾驭宇宙无穷大智的唯一管道，是所有"奇迹"的根基。自信可以赋予人奋斗的动力，可以从困境中把人解救出来，可以使人在黑暗中看到胜利的曙光。成功是高山，自信是登山的石阶；成功是远方的目标，自信是脚下的跋涉。自信是一缕和煦的春风，是一丝动人的微笑，是一片明朗的天空。

自信让我们变得干练、成熟，自信使我们的脚步变得坚实稳健。或许可以这么说："拥有自信，就拥有了成功的一半。"

相信自己，即使没有人相信你

如果你也能相信你自己，那么你就能达到你想达到的任何目标。因此不要退缩，在任何时候都不要。

记得4分钟跑1英里的故事吗？这个故事从古希腊就开始了。据说，当时的人们为了达到这个速度，有的奔跑者尝试喝下了真正的虎奶；还有的人居然让狮子去追赶奔跑者，以为这样做能使他跑得更快。然而，这些都没有用。于是，人们便断言，这是人类不可能达到的目标。这种认识延续了几千年，人们几乎都相信，在4分钟内跑完1英里是人的生理条件所不能承受的，因为人类的骨骼结构不行，肺活量不够，空气的阻力又太大……理由有成千上万条。

然而有一个人，他独自证明了所有的科学家、教练员、运动员以及在他之前尝试过但没有获得成功的数以万计的人都错了，他就是罗杰·丹尼斯。奇迹中的奇迹就是，当罗杰突破了4分钟跑完1英里的目标后，立刻就有另外37人打破了这一记录；而一年以后，能在4分钟跑完1英里的运动员已经达到了300个！

几年前，我站在纽约1英里跑的终点上，亲眼目睹了参加比赛的13名运动员都达到了4分钟跑完这一路程的速度；换言之，即使是跑得最慢的选手也做到了这个在数十年前被人们认为是不可能的事。

这到底是怎么回事呢？训练技术并没有获得突破性的进展，人类的骨骼也没有在一夜之间获得了改善，但是，人们的态度却发生了改变。

想一想石匠吧,他在一块岩石上凿打了 100 次,可能不会在石块上留下多少痕迹,但是在 101 下时,那石块却分裂成两半了。这当然不仅仅是那最后一凿的缘故,而是先前他的每一次凿打都在发挥着作用。倘若你定下了一个目标,你就应该能够完成它。谁能够断言你干得不比你的对手更顽强、更漂亮、更出色,而且更有才华呢? 就是有人说你不行,那也没有关系。关键在于,而且这是最关键的,你必须相信你自己能行。

在罗杰之前,人们只相信专家,而罗杰却相信自己……他为此而改变了所有人的态度。从某种意义上来说,是改变了整个世界。如果你也能相信你自己,那么你就能达到你想达到的任何目标。因此不要退缩,在任何时候都不要。

([美]哈维·麦凯)

　　每个人身上都有着无尽的潜能,但这种潜能有时会被周围人和自己的怀疑声所抑制住。其实潜能的释放量是与相信自己的程度成正比的。只要相信自己能行,给自己一个机会,我们的潜能就能无限量地释放出来。

1 毫米的自信

很多时候，我们的自信受习惯思维的影响，事物的表面现象左右着我们的固定思维，并不一定是事物的本质发生变化。

他是杂技团的台柱子,凭借一出惊险的高空走钢丝而声名远扬。

在离地五六米的钢丝上,他手持一根中间黑色、两端蓝白相间的长木杆作平衡,赤脚稳稳当当地走过 10 米长的钢丝。他技艺高超,身手灵活,还能从容地在钢丝上做出一些腾跃翻转的动作。多年来,他表演过无数次,从未有过丝毫闪失。

杂技团在去外地演出回来的路上，装道具的卡车翻进了山沟,折断了他那根保持平衡的长木杆。团里非常重视,不惜高价找来了粗细相同、长短一致、重量也一样的木杆,直到他觉得得心应手时,团长才请油漆匠给木杆刷上与以前那根木杆相同的蓝白相间的颜色。

又是一次新的演出。在观众的阵阵掌声中,他微笑着赤脚踏上钢丝。助手递给他那根蓝白相间的长木杆。他从左端开始默数,数到第10 个蓝块,左手握住,又从右端默数第 10 个蓝块,右手握紧,这是他最适宜的手握距离。然而今天,他感到两手间的距离比他以往的长度短了一些。他心里猛地一惊,难道是有人将木杆截短了?不可能啊?他小心翼翼地把两手分别向左右移动,一直到适宜的距离才停住。他看了看,两手都偏离了蓝块的中间位置。他一下子对木杆产生了怀疑。

这时，观众席上又一次爆发出雷鸣般的掌声，已经容不得他多想。他握紧木杆，提了一口气，向钢丝的中间走去。走了几步，他第一次没了自信，手心有汗沁出。终于，在钢丝中段做腾跃动作时，一个不留神，他从空中摔了下来，折断了踝骨，表演被迫停止。

事后检查，那根木杆长度并没变，只是粗心的油漆匠将蓝白色块都增长了1毫米。

很多时候，我们的自信都是受习惯思维影响的，事物的表面现象左右着我们的固定思维，并不一定是事物的本质发生变化。木杆的长度没有变，但自信的距离改变了。就是这1毫米长度的变化，影响了他的成败。

（陈文海）

成长悟语

　　惯性思维有时是一种可怕的力量，它甚至会掩盖事物的真相。在变化面前，第一时间激起自信心吧，我们心中的信心能助我们保持清醒的头脑，看清所有的假象。

你 能 行 的

　　他走上来对我小声说："来，你能行的！"你也许永远都不能体会到这短短的一句话多么令我振奋，四个字：你能行的。

　　萨克是日本某市的居民。在她十几岁的时候，她就常常憧憬自己有朝一日能够去美国，她说："我脑际中常常出现这样一幅画面：父亲

坐在客厅中央看报,母亲在忙着烘烤糕点,他们19岁的女儿正在精心打扮,准备和男友一块儿去看电影。"

萨克终于能够到加州去完成她的大学学业。当她到那里时,她发现那里与梦想中的世界大相径庭。"人们为各种各样的麻烦事所困扰,他们看上去紧张而压抑,"她说,"我感到孤独极了。"

最让她感到头疼的课程之一是体育课。"我们打排球。其他的学生都打得很棒,可我不行。"一天下午,教师示意萨克将球传给队员,以便让她们接受扣球训练。最简单不过的一件事却让萨克胆怯了。她担心失败后将遭到队友的嘲笑。这时,一个年轻人大概体会到了她的心境。"他走上来对我小声说:'来,你能行的!'你也许永远都不能体会到这短短的一句话多么令我振奋,四个字:你能行的。我几乎感动得哭出声来。我整节课都在传球,也许是为了感激那个年轻人,我自己也说不清。"萨克说。

6年过去了,萨克已有27岁,她又回到了日本,当起了推销员。"我从未忘记过这句话,"她说,"每当我感到胆怯时,我便会想起它——你能行的。"她确信那个青年一定不知道他的那简单的一句话对她来说意味着什么。"他也许根本就不记得了。"

她此后一直在日本,然而她始终记得这么一句话:你能行的。

成长悟语

　　每个人都有与生俱来的潜力,有时我们对他人小小的鼓励也可以激发无穷的力量。一句肯定的话语、一个肯定的眼神,就如同温暖人心的春风,促使自信之花美丽地绽放。

没有自信等于失去力量

任何人只要真正学会相信自己，他就能够处理他的困难，这样他就具备了成功的第一个秘诀。

我最近接到一通国外打来的电话，从声音听来不像是我认识的人。他是一个年轻人，说英语，但是带着一点儿畏怯，甚至于有点儿歉意的态度。"我真的碰到了一个我没有办法处理的事，我就知道我不能，事实上，这确实超出了我的能力，我不……"他的声音因绝望而低沉下去。

"你认为你是一个正常人吗？"我插了进去。

"你是说我心智正常吗？哦，倒没有人问过我这个问题，不过我不是疯狂古怪的人物。"

"很好。你生病了吗？还是身体有什么不舒服？"

"哦，没有。我很年轻，非常健康。"

"太好了，你受过什么教育？"

"我大学毕业，而且成绩很好。"

"好，年轻人，我们来看看现在的情况。你是一个心智和身体都很正常的人，并受过良好的教育。那么是什么原因使得你花很多钱打这个横越大西洋的电话给我，用微弱而带有恐惧的声音，告诉我你面临着一种你确信你不能够处理的情况？"

"哦，你知道的，想到有那么多困难，我突然觉得不知所措，绝对的

不知所措。我想我是完全失败了。然后我碰巧在书架上看到你的一本书，我拿了下来，看了一会儿，最后我计算在纽约正好是中午时间，我就站起来打电话给你。5分钟之内你就和我在电话上谈起来。这是不是很有意思？"

"这样看来，"我回答说，"这一切显示你有相当大的进取精神和充满活力的行动。我也注意到你有不平常的做大事的潜能。你没有对自己说：'我该打这电话吗？或许找不到他。如果我打通了，我该怎么对他说呢？或许他会认为我不对劲，神经错乱或什么的。'没有！你没有这些消极的、怀疑自己的想法，你心里决定了一个行动方案，你就立刻前进，照着去做。"

后来他来信说事情已经有了进展，至少他表现出新的态度。他在信上说："我的信心又重新恢复过来。我要保持你所说的想法，我相信我能发挥出来处理一切事情的能力。"

当然会发挥出来。任何人只要真正学会相信自己，他就能够处理他的困难，这样他就具备了成功的第一个秘诀。因此你要继续相信自己。要有信心。

我们只要认为我们能够做事，我们就可以真的变得了不起。凡事要学会实际地、非自大地相信自己，具有深厚而健全的自信心的人，都是人类的珍宝，因为他们能够把他们的活力传达给缺少活力的人。

（[美]奥格·曼狄诺）

成长悟语

不管黑夜多么漫长，朝阳仍会如期冉冉升起；也不管冬雪多么狂暴，春风仍会如期轻轻吹来，世界上没有过不去的坎儿。不轻易对自己说不行，就等于不轻易切断一条通往成功的道路。

小橡树的烦恼

你是一棵橡树，你的命运就是要长得高大挺拔，给鸟儿们栖息，给游人们遮阴，创造美丽的环境。你有你的使命，去完成它吧！

在一个美丽的花园里长满了各种各样的树木和花草，每一棵树、每一朵花都是那么挺拔娇艳，充满了生机和活力。

可是，在这之前的一段时间里，花园里的情形却不是这样，有一颗小橡树总是愁容满面。可怜的小家伙一直被一个问题困扰着，它不知道自己是谁。大家众说纷纭，更加让它困惑不已。苹果树认为它不够专心："如果你真的尽力了，一定会结出美丽的苹果，你看多容易。你还是需要更加努力。"小橡树听了它的话，心想：我已经很努力了，而且比你们想象的还要努力，可就是不行。想着想着，它就愈发伤心。玫瑰说："别听它的，开出玫瑰花来才更容易，你看我多漂亮。"失望的小橡树看着娇嫩欲滴的玫瑰花，也想和它一样，但是它越想和别人一样，就越觉得自己失败。

一天，鸟中的智者——雕来到了花园，看到唯独可爱的小橡树在一旁闷闷不乐，便上前打听。听了小橡树的困惑后，它说："你的问题并不严重，地球上许多人面临着同样的问题。我来告诉你怎么办。你不要把生命浪费在去变成别人希望你成为的样子，你就是你自己，你永远无法变成别人，更没有必要变成别人的样子，你要试着了解你自己，做你自己，要想知道这一点，就要聆听自己内心的声音。"说完，雕就飞走了,留下小橡树独自思考。

小橡树自言自语道:"做我自己? 了解我自己? 倾听自己的内心声音?"突然,小橡树茅塞顿开,它闭上眼睛,敞开心扉,终于听到了自己内在的声音:"你永远都结不出苹果,因为你不是苹果树;你也不会每年春天都开花,因为你不是玫瑰。你是一棵橡树,你的命运就是要长得高大挺拔,给鸟儿们栖息,给游人们遮阴,创造美丽的环境。你有你的使命,去完成它吧!"

小橡树顿时觉得浑身上下充满了自信和力量,它开始为实现自己的目标而努力,很快它就长成了一颗大橡树,赢得了大家的尊重。

成长悟语

每个人都闪耀着独一无二的光芒,都是无可替代的个体。只是有时我们会把目光都聚焦在他人成功的优点上,并将它们无限放大;而自己的优点,却得不到关注,更不用说放大了。多看看自己的优点,成功也一定会与你相遇。

自信是成功和快乐之花

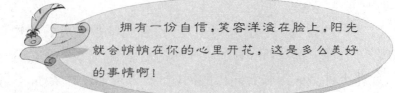

拥有一份自信,笑容洋溢在脸上,阳光就会悄悄在你的心里开花,这是多么美好的事情啊!

富兰克林·罗斯福是美国历史上唯一连任4届的总统,命运赐给他的是英俊的容貌、善良的性格和聪明的天赋。他14岁进入著名的格罗顿公学学习,4年后来到哈佛大学,并于1901年加入共和党人俱乐部,开始了自己的政治生涯。智慧、干练、胸怀宽广、深孚众望,似乎什么都不能阻挡这个39岁的男人迈上政治巅峰的脚步。但是,无情的灾难就在这时降临。1921年夏天,罗斯福带全家到坎波贝洛岛休假,在扑灭了一场林火后,他跳进冰冷的海水,因此患上了脊髓灰质炎症。高烧、疼痛、麻木以及终生残疾的前景,并没有使罗斯福放弃理想和信念,他一直坚持不懈地锻炼,企图恢复行走和站立能力,他曾经疗病的佐治亚温泉被众人称之为"笑声震天的地方"。

　　1924年,他拄着双拐重返政坛,并在1928年成为纽约州州长。政敌们常用他的残疾来攻击他,这是罗斯福终生都不得不与之搏斗的事情,但是他很自信,总能以出色的政绩、卓越的口才与充沛的精力将其变成优势。首次参加竞选,他就通过发言人告诉人们:"一个州长不一定是一个杂技演员。我们选他并不是因为他能做前空翻或后空翻,他干的是脑力劳动,是想方设法为人民造福。"依靠这样的坚忍和自信,罗斯福终于在1933年以绝对优势击败胡佛,成为美国第32届总统。从1933年3月直到1945年4月他去世时为止,罗斯福蝉联4届总统,任职长达12年。他被认为是美国历史上最伟大的总统之一。

　　自信是一种感觉,拥有这种感觉,人们才能怀着坚定的信心和希望,开始伟大而光荣的事业。古往今来,因为拥有自信而走向成功、创造辉煌的又何止一个罗斯福?每一个伟大人物在其生活和事业的旅途中,无不是以坚定的自信为先导。拿破仑曾宣称:"在我的字典中,没有不可能的字眼。"这是何等豪迈!正是由于这种自信,激起其无穷的智慧和巨人的能量,使他成为横扫欧洲的一代名将。

　　成长的道路上,谁也不可避免遇上这样那样的烦恼。我们都会面对分别、委屈、受伤,甚至死亡等等。现实生活的残酷绝不会因为你自卑脆弱而优待于你。我们也不可能期望周围的人随随便便就能发现你的价值,真正的个人价值是用信心和行动体现出来的。我们要做生活的强者,自信便是走向成功的第一秘诀。自信是一种人生态度,当你拥有它的时候,你会惊讶地发现,你不仅是成功的,还是快乐的。

　　我曾亲眼目睹一个小女孩坐在家门口练习在瓶子里夹豆子。她不是一个普通的小女孩,她在一场大火中不幸烧坏了眼睛。看她手拿筷子,在瓶子里很盲目地动着,显得那般笨拙,感觉空气都沉闷下来。而小女孩却微笑地说:"姐姐,豆子再会跑,也还在瓶子里。我就快抓住它了!"我顿时热泪盈眶。从此,我每天清晨醒来,都要对着镜子照照,告诉自己:"我很棒!"拥有一份自信,笑容洋溢在脸上,阳光就会悄悄在你的心里开花,这是多么美好的事情啊!

(陈巧莉)

只要你足够乐观自信,任何外来的不利因素都扑不灭你对人生的追求和对未来的向往。只有受苦而不悲观的人,才能克服困难,脱离困境,向胜利的目的地快乐地迈进。

信心,成就世界经典

对自己有信心,不轻易放弃梦想,努力致力于理想的实现,最终一定能让别人也接纳你,欣赏你,从而获得成功。

惠特曼被誉为美国最伟大的田园诗人,他的第一本诗集《草叶集》100多年来在全世界畅销不衰,但这本书刚完成的时候却没一个出版商愿意出版。

1854年,惠特曼从事新闻记者工作,兼在印刷厂当助手,《草叶集》完成后,他询问了许多出版社,但出版社毫无兴趣。他只好转求印刷界朋友的协助,在友人的帮忙下,好不容易才出版了薄薄的一本小书。

这本好不容易出版的《草叶集》,引不起任何人的兴趣,赠送的数量远远大于销售的数量,惠特曼曾经夸张地说:"一本也没有卖出去。"还有一位文学编年史家把此书的销售状况描述为美国文学史上最大的失败,其凄惨情形可想而知。

不单是销售失败,一些文学评论家对《草叶集》的负面评论也很多,《标准》周刊将这本书斥之为"一堆无聊的脏东西";《普特南》杂志的评论是"北方佬的超越主义结合了纽约人的粗暴行为"。

然而,这些打击都没击倒惠特曼,他仍坚守着崇尚自由、赞美大自然的本性。他所写的不妥协的诗,慢慢成为文学精英人士谈论的话题,也使得初版时赠阅出去的《草叶集》不断流传。

1860年,波士顿一家新成立的出版社写信给惠特曼,希望出版他的诗集,因此,增加了许多新作的《草叶集》出版了。这次的销售情况比以前好多了,几年后出版的各种不同版本的《草叶集》,销售越来越好,人们逐渐接受了惠特曼在诗中所要传达的讯息。

从惠特曼的事例中看出,对自己有信心,不因别人的言行而改变自己的初衷,不轻易放弃梦想,努力致力于理想的实现,如此信任自己,接纳自己,最终一定能让别人也接纳你,欣赏你,从而获得成功。是宝石,无论它沦落到泥土里多久,迟早都会被发现,并最终展现出它的光彩。但在未被理解之时,你却要学会忍耐,要不停地鼓励自己,不要轻易承认失败,要能够抵抗挫折和别人的嘲弄。在困难的时候努力再挺一挺,再坚持着尝试一次……

成长悟语

　　人的一生并非总是风和日丽,当不幸和灾难的风雨接踵而至时,我们不要做一株温室的花苗,应该像疾风中的劲草,昂起自信的头,不断鼓励自己,相信风雨过后,还会是艳阳高照。

有一种自信叫信任别人

> 一个人的力量是极其有限的，我们要有所作为，就必须发挥每一个与此相关的人的积极性，这是一个人最大的本事。

美国永久五星上将、第34届总统德怀特·戴维·艾森豪威尔是美国20世纪赫赫有名的人物，他治军有方，治国有略，一生成就不可谓不突出，然而，研究他的成功之路，我们可以得出一个结论：这个人在成就事业时特别另类。

艾森豪威尔二战时曾担任过欧洲盟军远征军最高统帅，他战功卓著，领导的重大战役几乎战无不胜、攻无不克，他也因此深受美国总参谋长马歇尔的赏识，1942年2月他还是一个普通的少将，到第二年却是五星上将了。五星上将是美国最高军衔，当时获得这个军衔的只有马歇尔和他，艾森豪威尔晋升速度之快可以进入世界吉尼斯纪录。然而，出人意料的是，艾森豪威尔军事才华惊人，经常做的工作却只是指挥三位直接受他领导的将领，对他们的手下从不过问，更不接见。两年之后，艾森豪威尔退役并出任哥伦比亚大学校长，副校长安排他听有关部门的报告。听了十几位先生的报告后，艾森豪威尔感到非常烦躁，他把副校长召来，问自己到底要听多少人的汇报，副校长回答说至少63位。艾森豪威尔大发雷霆，认为这样做太浪费时间，他特地提到自己当年做同盟军统帅时如何信任直接下属这一件事。1953年，艾森豪威尔当选为美国第34任总统后，一次正在打高尔夫球，白宫送来急件要他批示,总统助理事先写好了"赞成"和"否定"两种批示,只需他挑一个签名即可。艾森豪威尔一时不能决定,便在两种批示上都签了名,然后对工作人员说:"请狄克(即副总统尼克松)替我挑一个吧。"仍然打他的高尔夫去了。

我们可以指责艾森豪威尔的"懒惰",中国的文化是提倡领导者事必躬亲、以身作则的;我们也可以赞扬艾森豪威尔对他人的充分相信,指挥上百万的军队,自己却只亲自指挥三个将领;自己做总统,如何批示急件却要副总统做主……然而,我觉得最值得我们深思的是艾森豪威尔那种建立在信任他人基础之上的自信,正是这种自信铸就了他人生的辉煌。

艾森豪威尔特殊的自信主要表现在两个方面。第一,他"放心"自己的眼力。一般的名人行事都如履薄冰,生怕一招棋不慎,毁了一世英名,艾森豪威尔不是这样,无论是对军队还是对国家,他实施的都是"无为而治",这种"无为"不是真正的"无为",而是充分相信选中的人可以代替自己干好必须干好的事。第二,他相信自己有领导别人、唤醒别人能量的本事。根据现代管理理念,一个管理者是不是优秀,主要不是看他个人做了多少事,而要看他率领的团队有多大的爆发力。从战场上摸爬出来的艾森豪威尔深知,一个人的力量是极其有限的,我们要有所作为,就必须发挥每一个与此相关的人的积极性,把他们的能耐集中到一起,这种驭众人才华为我所用的能力,其实是一个人最大的本事。

人的梦想能走多远,我们的腿才能走多远,在行走的过程中,没有自信是不可想象的。然而,自信有很多种,有单枪匹马的自信,有艾森豪威尔式的相信直接下属可以干成所有事的自信。如果我们把单枪匹马式的自信称为小自信的话,艾森豪威尔式的自信就是大自信。与小自信相比,大自信境界更宏大,力量更雄厚,也更能取得彪炳史册的人生成就。

(游宇明)

成长悟语

人只有在内心里充满自信,才会相信别人。被信任的人一定会很快乐,因为他所做的一切都能得到肯定,这种大自信还能使你赢得别人的信任,从而帮助你乘上高速列车更快地到达成功的终点。

你认为你行,你就行

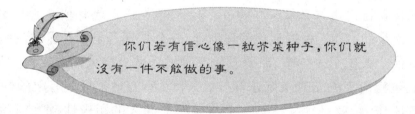

你们若有信心像一粒芥菜种子,你们就没有一件不能做的事。

有一次我们夫妇到澳洲去,接受了一对令人愉悦的夫妇(自那以后即成为好友)的晚宴款待。他们在澳洲拥有一串分布全国的连锁商店。

他们的房子漂亮得惊人,而且很独特,位于悉尼港边,可以俯瞰全市和港湾的景色,入目的是全世界最美丽动人的景观。从公路到他们家要搭乘一种小型私人缆车,而缆车即在各种奇花异草中缓缓下降。那时候正值澳洲的"冬天",可是每种花都在盛开。

他们家里布置得极为漂亮可爱,宽大的落地窗打开来是一处平台,下去就到了海港,那里停泊着他们的私人小型游艇。我们的男女主人有着令人宾至如归的谦和。他们说之所以能拥有现在的境况,可以说只是因为遵循了一个简单的成功原则。男主人说:"如果这个原则可以为我创造奇迹,当然也一定能为那些真正相信和照着这个原则去做的人创造出奇迹。"

第二天他到旅馆来看我。"我是非常平凡的一个人,"他告诉我,"我只有次等头脑。我父亲送我进一所一流的学校,而我的成绩很不好,我有最了不起的坏成绩的纪录。最后,由于让老师们受了太长的痛苦,我离开了学校,没接受完完整的教育。然后一个工作接着一个工作,我都保持了我的纪录——每一个工作都做不好。因为我是真正的平庸,我对自己没有信心。"

"我在澳大利亚国家现金记录器公司找到一个工作,"他继续说,"但我仍然受到我那已经定型的、一再重复的失败模式的伤害。后来从美国总公司来了一位充满活力的领袖,发表了一篇演讲。

"他告诉我们通往成功的基本因素是积极的想法。我以前从没有听说过这种说法。他把这整个观念浓缩成一句话——你认为你行,你就行。这一句话打进了我的内心里,像一颗炸弹爆炸开来。他要我们在心里想象我们要成为什么样的人,并且相信我们内心的力量可以做到我们想要成为的人。那时我当场就决定要做个成功的人,并且从一个新的观点来看我自己。"

作为训练计划的一部分,他到了美国,并且参观了纽约市的玛贝尔·卡耐基教堂。他在教堂的记事栏中看到了一种叫做"芥菜子记忆"的钥匙环,是个里面有一粒芥菜子的塑胶球。他要了一只,并且一直带在身上。我看到那只塑胶球表面已经有很多划痕,但是还可以清楚地看到里面的芥菜子。

"我了解到:你们若有信心像一粒芥菜种子,你们就没有一件不能做的事。一旦我接受了这芥菜子的看法,我就开始遵循这积极的精神教诲。我的意思是说,我真正实行这些教诲,而最奇妙的事情开始发生在我身上! (这些最奇妙的事情使他晋升到澳洲国家现金记录器公司的总经理)

"我开始为自己订出未来的目标,并相信我这个只具有次等头脑的人可以做到。后来我开始做生意,现在我们在澳洲各地都有连锁店,我们的生意增加了 21 倍。这都是因为我开始相信自己。我以前从来没

有做到这一点，如今我已变成了一个再生的人。"

在听了他起初失败后来有惊人的成就的故事后，我说："博特，你打开头就不是只有次等头脑的普通人，只不过是你自己认为如此，那只是你对你自己的想象。其实，你只不过是一直把你的第一等头脑深深埋在你的内心深处。在那位讲演的人把'你认为你行，你就行'这句极有力量的话投给你的时候，你就突发出一个全新而有冲力的想法。然后你那具有同样冲力的宗教信仰——这信仰你本来就具有而且遵照着做——给引发了出来，而且付之于行动，把你改造成一个新人。"

英国女王伊丽莎白二世对这位澳洲商人也印象深刻，因为她封了这位以往"平庸的人"爵位。他现在已经荣任爵士了，而他也确实配得到这个荣衔。你也可以得到和爵士相等的荣誉，只要你相信你自己，只要你有信心。

（[美]奥格·曼狄诺）

不一定人人都是天才，但不要认为自己是平庸的就什么都不去做，积极、自信会让每一个平凡人找到宝矿。也许它埋藏得很深，只要你肯前去挖掘，不停地挖掘，就会发现无穷宝藏。

泰勒的实验

身体的活力会受到周围许多事情的影响，诸如食物、衣服、艺术、诗歌、音乐等等，但活力充沛与否完全取决于你自己。

　　站在泰勒面前的海军上校大约身高 1.85 米，他的体重大约有 240 斤，他看起来像一个职业举重运动员。他是泰勒从听众中选出的一位志愿者。泰勒试图通过人体肌肉的变化了解人的活力所受到的影响。

　　泰勒向听众解释，只要你活着，你就会有活力，身体的活力会受到周围许多事情的影响，诸如食物、衣服、艺术、诗歌、音乐等等，但活力充沛与否完全取决于你自己。你生活中的许多因素都有可能会增加你的活力和自信，或者降低你对自己的信心。比如说，一个消极的念头便会降低你的活力。

　　现在，泰勒就要通过这位站在自己面前的将信将疑的上校来证明这一点。

　　"举起你的左手与肩平，举稳别动。"泰勒说，他站在两英尺远处看着上校。上校左手平举，那样子好像一个人可以吊在上面。泰勒告诉他自己会通过向他输入一个消极的念头而减少他手臂的力量，听众席中立刻发出窃窃的嗤笑，上校也轻蔑地笑了笑。

　　首先，泰勒先给他传递一个乐观的积极的信息，泰勒抓住他的胳膊说："上校先生，你无疑是一个令人羡慕的军官。很显然你是一位具有领导气质、意志坚决、毫不动摇的人。"泰勒试着把他的胳膊往下按，

但是他毫不放松。

上校非常高兴泰勒的努力失败了。接着,泰勒用一种十分严肃的口吻说:"但是,有一个问题,上校,科学证明,一般说来,军人的智力水平普遍低于一般人。"于是,泰勒再次试着用同样大的力把他的手向下压,他的肌肉向泰勒妥协了,泰勒竟然一下子就把他的手压了下去。观众席中的人们一个个目瞪口呆。

泰勒数百次反复进行这个实验。在剧场里,在讨论课上,结果总是一样的。那些持怀疑态度者,当看完了后半个实验,即当泰勒发出一个消极的信息并大大地影响人的信念,因而使活力消失时,对泰勒的论点就会坚信不疑了。

拥有积极的信念,你就仿佛进入了巨大的能量加油站,它能不断地向你输送奋斗的力量,让你在人生道路上勇往直前;若拥有消极的信念,则仿佛进入了能量消耗站,它会把你心中的力量不断地导出,让你在人生道路上越来越虚弱。

心中的太阳

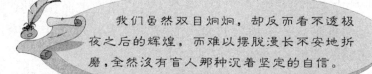

我们虽然双目炯炯,却反而看不透极夜之后的辉煌,而难以摆脱漫长不安地折磨,全然没有盲人那种沉着坚定的自信。

我从北极区移居首都奥斯陆已有多年,但对那极地岁月仍然魂牵梦绕。童年时在极地的生活教我甘于寂寞,勿急功近利;教我勤于思索,勿浅尝辄止;教我以自己的心灵而不是仅仅以自己的五官去感受自然,感受生活。

最难忘的是极地的一位盲人。他只身蛰居在海滨的一间小屋里,在常人看来他实在是极其可怜的——唯有一根拐杖可以相依为命,甚至连一条做伴的狗也没有。而他最大的不幸当然是他的失明了,这样他就不能够亲身去体味光阴的变幻和季节的交替了。

然而,这恐怕只是人们好心的揣想。说到人与自然的交契,我还不曾发现有哪位明眼人能够超越他。在极夜将尽,太阳快要在地平线上重新绽开笑脸的日子里,人们都会看到他的身影,信步经过大街旁的人行道,而后径直走上小山,再沿着山脊,在赤杨林中找到一条通往山巅的小路。然后,他找到一处四际一无遮蔽的所在,面向着南方凝神而望,浑然忘情于对日出的等待;个把小时之后,他又会准确地循原路归来。

要是在一场新雪之后,人们就更容易断定他是否去过山上了。因为这位盲人尽管在个人的生活享受上十分节俭,但他穿的胶皮套鞋总是新的。所以,只要一发现他的套鞋印在雪地上的足迹,人们就完全可以相信:暖人心曲的太阳即将来临。

当时,还没有什么人像今天这样奢谈什么"沟通"。在这位老人的时代,"默契"之说尚未流行,他自然也绝非在追求时髦以沽名钓誉——他只是个深深地渴望着能体味那日出灵趣的人,虽然在他的脑海中那也许只是一抹紫红的闪耀。

这两件事的紧密相连——新雪上有波纹的足迹和太阳的新生——使得这位盲人在一些和他具有同样渴求的人们心目中占有了永生不灭的位置。我们这些人虽然双目炯炯,却反而看不透极夜之后的辉煌,而难以摆脱漫长不安地折磨,全然没有盲人那种沉着坚定的自信。

——心里有了这位盲人,在生活的跋涉中,太阳永远是不落的。

([挪威]T.史蒂根)

成长悟语

残疾也许不能改变,但我们的心情是可以改变的。有的人

只能看到影子的黑暗，而有的人却能从影子想到太阳就在前方，那样阳光就会温暖人心。命运可以剥夺我们看太阳的权利，但却不能剥夺我们享受幸福的权利。

竞争让你充满活力

一种动物如果没有了对手，就会变得死气沉沉；一个人如果没有了对手，就会甘于平庸，养成惰性，最终导致庸碌无为；一个群体如果没有了对手，就会因为相互的依赖或潜移默化而失去生机与活力；一个行业如果没有了了对手，就会丧失进取的意志，就会因为安于现状而逐步走向衰亡。

竞争是时代的主旋律，我们要学会竞争，才能不被淘汰；同时，不能为了赢而不择手段，只有学会以健康的心态竞争，才能最终站立在成功之巅。

赢的最高境界

此刻的丁俊晖，早已热泪盈眶："我流泪不是因为输了比赛，而是遇到了一位绅士对手。"

2007 年 1 月 22 日凌晨 5 点 40 分，斯诺克温布利大师赛决赛上，中国台球"神童"丁俊晖和"火箭人"罗尼·奥沙利文再一次狭路相逢。去年 8 月的北爱尔兰杯台球赛的较量中，丁俊晖首胜"火箭人"，如愿捧到了职业生涯中的第三个世界冠军杯。奥沙利文呢，也憋足了一口气要报一箭之仇。所以，这回交锋，可谓"仇人"相见，分外眼红。

比赛开始后，丁俊晖很快以 2：0 取得领先。这时候，不和谐的一幕出现了：很近的看台上，一名奥沙利文的"粉丝"在丁俊晖每一次起杆时都要大声咒骂，让这位台球少年很不自在。也许是骂声的影响，丁俊晖的心理开始出现波动，在关键的几局中失误频频，很快以大比分落后。

因为没有保安管理，那位"粉丝"骂得更起劲了。方寸已乱的丁俊晖已经无法全身心投入比赛，甚至球也不知道该怎么打了。第 12 局，奥沙利文胜出，丁俊晖伸过手去，准备向奥沙利文祝贺。"火箭人"先是一愣，知道是对手弄错了赛制，随即他又感觉到了场内的变故，马上连说几句"NO，NO，NO"，然后搂住丁俊晖说："比赛还没结束呢，和我接着打完后面的比赛好不好？"

休息室内，奥沙利文一直陪着自己这位小弟弟对手，还叫来了自已练球房的老板，一个四五十岁的香港人，一起来安慰他。奥沙利文说："那个骂你的声音，我也听到了。我刚来伦敦时，也领教过这样的骂声，但我坚持过来了。你要记住，那不是比赛，比赛是属于我们两人的。"

最后一局开始之前，奥沙利文做的第一件事，就是走向裁判，要求将那个骂人的"粉丝"清退。然后在喝彩声中，双方进入第13局。当机会球再一次倒向丁俊晖的时候，奥沙利文主动走向球迷，要他们帮助加油助威。

获胜后的奥沙利文，将与对手的礼节性握手改成了拥抱："没关系，以后还有机会，随时欢迎来伦敦找我，我很喜欢和你一起打球。"

此刻的丁俊晖，早已热泪盈眶："我流泪不是因为输了比赛，而是遇到了一位绅士对手。"

看到这里，观众的感觉已不像是面对一场令人窒息的高水平角逐，更像欣赏一门艺术，一种闪耀人性光环的美。比赛有很多种赢法，尤其实力在伯仲之间的较量，在赢得比赛的同时，赢得尊重和友谊，赢得对手的心，赢得观众的感动，才是赢的最高境界。

（蒋　平）

成长悟语

天堂与地狱原本就只有一步之遥，只是因为多了温情与爱，天堂成了欢声笑语的场所，地狱成了满是抱怨与饥饿的地方。人与人之间的关系是紧密而微妙的，没有人能完全脱离别人而独自取得成功，真诚对待他人，包括你的对手，良性竞争最终将实现双赢。

给对手掌声

有时候搬走别人脚下的一块石头就等于给自己打开了一条成功的捷径。在自己失败的时候,给对手掌声,这也是一种成功。

在一档世界职业拳王争霸赛电视节目中我看到了几个暖人的细节。

比赛的是两个美国职业拳手,年长的叫卡非拉,今年35岁,年轻的叫巴雷拉,今年28岁。上半场两人打了六个回合,实力相当,难分胜负。在下半场第七个回合,巴雷拉接连击中老将卡非拉的头部,使他鼻青脸肿。

短暂的休息时,巴雷拉真诚地向卡非拉致歉,他先用自己手中干净的毛巾一点一点擦去卡非拉脸上的血迹,然后把矿泉水洒在卡非拉头上,一脸歉意,那神情仿佛受伤的是自己。接下来两人继续交手。也许是年纪大了,也许是体力不支,卡非拉一次又一次被巴雷拉击中后倒在地上。

按规则,对手被打倒在地上后,由裁判连喊十声,如倒地的拳手起不来则对手胜利。卡非拉挣扎着起身,裁判开始报数,"一、二、……"三字还没出口巴雷拉把卡非拉拉了起来。裁判感到很吃惊,这样的举动在拳场上很少见。巴雷拉向裁判解释说:"我犯规了,只是你没有看见,这局不算我赢。"扶起卡非拉后他们微笑着击掌,继续交战。

最终,卡非拉以108∶110的成绩负于巴雷拉。观众潮水般涌向巴雷拉,向他献花、致敬、送礼物。巴雷拉拨开人群径直走向被冷落的老将卡非拉,他把鲜花送给了卡非拉。两人紧紧地抱在一起,相互亲吻被击中的部位,俨然是一对亲兄弟。卡非拉真诚地向巴雷拉祝贺,一脸由衷的笑容。他握住巴雷拉的手高高举过头顶,向全场的观众致敬。

卡非拉虽然败了,但败得很有风度。巴雷拉赢了,赢得很大度。两个人一个败在拳术,一个赢在人格。但是,他们都赢了,在人格上。

有时候搬走别人脚下的一块石头就等于给自己打开了一条成功的捷径。在自己失败的时候,给对手掌声,这也是一种成功。

(马国福)

当你树立了一个敌人时,你得到的将不只是一个敌人;而当你用真情感动了一个对手的时候,你得到的也不只是一个朋友。惜英雄,重英雄,这才是竞争之道。

敢于直面对手

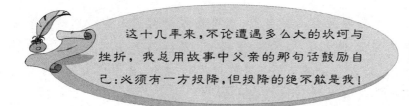

这十几年来,不论遭遇多么大的坎坷与挫折,我总用故事中父亲的那句话鼓励自己:必须有一方投降,但投降的绝不能是我!

参加过大西南剿匪的父亲给我讲过一个他亲历的故事。

父亲端着步枪刚从一座巨岩后拐出来,迎面撞上了一个也端着步枪的土匪。两人同时将枪口指住了对方的胸膛,然后就一动不动了。

如此近的距离，不管谁先开枪，打死对方的同时，自己肯定也得被对方打死，动起手来只能是同归于尽。

要想都保全性命，就必须得有一方投降。

双方对峙着，枪口对着枪口，目光对着目光，意志对着意志。

其实总共只对峙了十几秒钟，可父亲感到是那么的漫长。那是他一生中唯一一次对时光的流逝产生刻骨铭心的印象。父亲不知道他已经咬破了自己的下嘴唇，两条血溪濡湿了下巴。他的大脑中一片空白，只有一个念头支撑着他：

必须有一方投降，但投降的绝不能是我！

父亲眼睁睁看着那个土匪的精神垮掉——先是脸煞白，面部痉挛，接着是大汗淋漓，最后是双手的握肌失能——枪掉到了地上。土匪扑通跪下去，连喊饶命。

父亲努力控制着自己，才没有昏厥过去。他和土匪都清楚，双方的命，保住了！

押着土匪，见到自己人时，父亲再也坚持不住了，一屁股坐到地上。同志们以为他负伤了，赶忙跑过来，父亲虚脱般地说："没事！我只是累坏了。"

父亲的这个故事永远印刻在了我的脑海里。这十几年来，不论遭遇多么大的坎坷与挫折，我总用故事中父亲的那句话鼓励自己：

必须有一方投降，但投降的绝不能是我！

成长悟语

不要轻易看扁你自己，也不要轻易对别人妄下判断。用怎样的眼光看待自己、看待他人，用怎样的方法对待自己、对待他人，结果会截然不同。勇敢地直面对手、直面困境，你的人生将因你的非凡勇气而与众不同。

如果你比对手更专注

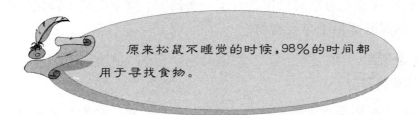

原来松鼠不睡觉的时候,98%的时间都用于寻找食物。

我的朋友比尔是个成功的演说家和作家,喜欢在闲暇时间观察鸟类。几年前,比尔买了一幢新房子,附近草木葱茏。入住后的第一个周末,他就在后院里装了个喂鸟器。就在当天日暮时分,一群松鼠弄倒了喂鸟器,吃掉了里面的食物,把小鸟吓得四散而去。在接下来的两周里,比尔绞尽脑汁想出各种办法让松鼠远离喂鸟器,就差没有使用暴力了,但丝毫不起作用。

万般无奈之下,他来到当地一家五金店。在那儿他找到了一种与众不同的喂鸟器,带有铁丝网,还有个让人动心的名字,叫"防松鼠喂鸟器"。这回可保万无一失,他买下它并安装在后院里。但天黑以前,松鼠又大摇大摆地光顾了"防松鼠喂鸟器",照样把鸟儿吓跑了。

这回比尔又失败了。他拆下喂鸟器,回到五金店,颇为气愤地要求退货。五金店的经理回答说:"别着急,我会给你退货的,不过你要理解:这个世上可没有什么真正的'防松鼠喂鸟器'。"比尔惊奇地问:"你想告诉我,我们可以把人送到太空基地,可以在几秒钟之内把信息传到全球任何一个地方,但我们最尖端的科学家和工程师都不能设计和制造出一个真正有效的喂鸟器,可以把那种脑子只有豌豆大的啮齿类小动物阻挡在外?你是想告诉我这个吗?"

"是啊，"经理说，"不过没花你那么长时间。"比尔好奇心更盛，请他说得仔细些。店铺经理说："先生，要解释，我得问你两个问题。首先，你平均每天花多少时间，让松鼠远离你的喂鸟器？"比尔想了一下，回答说："我不清楚，大概每天 10～15 分钟吧。"

"和我猜的差不多，"那位经理说，"现在，请回答我第二个问题，你猜那些松鼠每天花多少时间来试图闯入你的喂鸟器呢？"

比尔马上会意：在松鼠醒着的每时每刻。这个故事激发了我浓厚的兴趣，我甚至特意对松鼠进行了一番研究。原来松鼠不睡觉的时候，98%的时间都用于寻找食物。

成长悟语

　　自然界的法则是适者生存，人类也一样。只有知己知彼，勇于竞争，比对手付出更多的努力，比对手更专注，不断壮大自己的实力，才能摆脱被淘汰的命运。

对　手

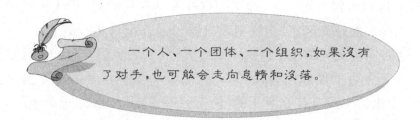

　　一个人、一个团体、一个组织，如果没有了对手，也可能会走向怠惰和没落。

　　美洲虎是一种濒临灭绝的动物，世界上仅存 17 只，其中有一只生活在秘鲁的国家动物园。

　　为保护这只虎，秘鲁人从大自然里单独圈出 1500 英亩的山地修了虎园,让它自由生活。参观过虎园的人都说,这儿真是虎的天堂,里面有山有水,山上花木葱茏,山下溪水潺潺,还有成群结队的牛、羊、兔供老虎享用。奇怪的是,却没有人看见这只老虎捕捉过猎物(它只吃管理员送来的肉食),也没人见它威风凛凛地从山上冲下来。它常躺在装有空调的虎房,吃了睡,睡了吃。

一些市民说它太孤独,说一只没有爱情、没有伴侣的老虎,怎么能有精神呢? 于是大家自愿集资,又通过外交渠道,与哥伦比亚和巴拉圭达成协议,定期从他们那儿租雌虎来陪它生活。

然而,这项人道主义之举,并未带来多大改观,那只美洲虎最多陪"女友"走出虎房,到阳光下站一站,不久就又回到它躺卧的地方。人们不知道它还有什么不满足的地方。

一天,一位来此参观的市民说,它怎能不懒洋洋呢? 虎是林中之王,你们放一群只吃草的小动物,能提起它的兴趣吗? 这么大的虎园,不弄几只狼来,至少也得放几条豺狗吧? 虎园领导听他说得有理,就捉了三只豹子投进虎园。

这一招果然灵验,自从三只豹子进了虎园,美洲虎不再睡懒觉,也很少回虎房了。它时而站在山顶引颈长啸;时而冲下山来,雄赳赳地满园巡逻;时而冲到豹子面前,放肆地挑衅。没多久,它还让巴拉圭的一只雌虎生下了一只小虎崽……

一个没有对手的生物,一定是死气沉沉的生物。一个没有对手的民族必定成为一个不思进取的民族。同样,一个人、一个团体、一个组织,如果没有了对手,也可能会走向怠惰和没落。

成长悟语

对手究竟是什么? 在许多情况下,对手就是让自己变得更加成熟、更加完美的人。感谢对手,将每一次的指责与批评都看成改正的良机,只有这样,你才能在成功的道路上,走得更远更长。

竞争上岗

懂得真诚待人，有效运用合作法则的人，才能在竞争中生存，才能在竞争中脱颖而出。

小王和小张都是公司新分来的大学生，两人被安排在同一个部门，做同样的工作，在工作能力和工作业绩上也不相上下，但两个人在为人处世方面却有很大不同。

小王比较"直爽"，见到人要么直呼其名，要么小赵老王地喊。有一次，小王的顶头上司李经理正在会议室接待客人，小王突然出现在门口，大声喊："老李，你的电话。"刚刚三十出头的李经理，竟被人喊老李，又是当着客人的面，而且喊自己的人还是自己的部下，自然心里很不舒服。

而小张就不同了，见到谁都毕恭毕敬的，小心翼翼地喊李经理、刘主管，没有职务的，她就喊陈大姐或刘大哥，年龄稍长的职工，她就喊师傅。

小王只有上班时才来公司，下班就走人，与公司里的人也没有过多的交往。小张就不同了，她下班以后，看有人没走就会留下来，与人家聊聊天，说说闲话。谁有什么困难，她也会尽力帮忙。当然，她也经常向别人求助。

有一次，她来到李经理的办公室，说有一件大事，务必请他参谋参谋。原来她表妹参加高考，想请经理"指点一下，看填什么志愿好"。李经理很高兴，很认真地给她分析了近几年的就业形势，然后慎重地给她提了一个建议。

后来，李经理手下的一个副经理调到别的部门主持工作了，公司决定采用公开竞聘的方式选拔新的副经理。小王和小张因为都是本科学历，又都是业务骨干，符合公司规定的竞聘条件，于是两人都报名竞聘。评委由公司中层以上干部和职工代表组成。竞聘的结果大家可能已经猜到了：小张以绝对的优势击败了小王，成为公司最年轻的中层干部。

我们生存在一个充满竞争的时代，如何生存变得越来越重要。然而正是如此，我们才更需要与别人合作。懂得真诚待人，有效运用合作法则的人才能在竞争中生存，才能在竞争中脱颖而出。

有专长就有机会

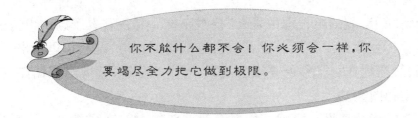

你不能什么都不会！你必须会一样，你要竭尽全力把它做到极限。

43 岁的王强移民去了美国。大凡去美国的人，都想早一点儿拿到绿卡。他到美国后 3 个月，就去移民局申请绿卡。一位比他早到美国的朋友好心地提醒他："你要有耐心等。我申请都快一年了，还没有批下

来。"

他笑笑说："不需要那么久，3个月就可以了。"

朋友用疑惑的目光看着他，以为他在开玩笑。

3个月后，他去移民局，果然获得批准，填表盖章，很快，邮差就给他送去了绿卡。

他的朋友知道后，十分不解："你的年龄比我大，申请比我晚，钱没有我多，凭什么比我先拿绿卡？"他微微一笑，说："因为钱。"

"你来美国带了多少钱？"

"10万美元。"

"可是我带了100万美元，为什么不给我批反而给你批呢？"

"我的10万美元，在我到美国的3个月内，一部分用于消费，一部分用于投资，一直在使用和流动。这个，在我交给移民局的税单上已经显示出来了。而你的100万美元，一直放在银行里，没有消费变化，所以他们不批准你的申请。"

美国是一个十分注重效率和功利的国家，你要对美国的社会经济发展有益，美国才会接纳你。在美国拿绿卡，只有两种人可以：一种人是来美国投资或消费；还有一种人，就是有技术专长。

与王强一起申请绿卡的还有一位中年妇女。这位妇女，从她被晒成古铜色的皮肤看，可以断定她是一位户外工作者。出于好奇，王强上前和她搭话，一问才知，她来自北方农村，因为女儿在美国，才申请来美，她只读完小学，连汉语表达都不太好。

可就是这样一位英语只会说"你好"、"再见"的中国农村妇女，也在申请绿卡。她的申报理由是有"技术专长"。移民官看了她的申请表，问她："你会什么？"她回答说："我会剪纸画。"说着，她从包里拿出一把剪刀，轻巧地在一张彩色亮纸上飞舞，不到3分钟，就剪出栩栩如生的各种动物图案。

美国移民官瞪大眼睛，像看变戏法似的看着这些美丽的剪纸画，竖起拇指，连声赞叹。这时，她从包里拿出一张报纸，说："这是中国《农民日报》刊登的我的剪纸画。"

美国移民官一边看，一边连连点头，说："OK！"

她就这么 OK 了。旁边和她一起申请而被拒绝的人又羡慕又嫉妒。

这就是美国，你可以不会管理，你可以不懂金融，你可以不会电脑，甚至，你可以不会英语。但是，你不能什么都不会！你必须会一样，你要竭尽全力把它做到极限。这样，你就会永远 OK 了！

发财的奥秘

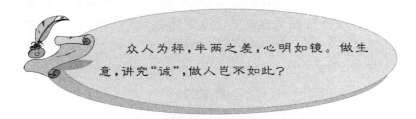

众人为秤，半两之差，心明如镜。做生意，讲究"诚"，做人岂不如此？

从前的秤十六两一斤，因此有半斤八两之说。

还在十六两一斤的年代，县城南街开着两家米店，一家字号"永昌"，另一家叫"丰裕"。"丰裕"米店的老掌柜眼看兵荒马乱生意不好做，就想出个多赚钱的主意。一天，他把星秤师傅请到家里，说："麻烦师傅给星一杆十五两半一斤的秤，我多加一串钱。"

星秤师傅为了多得一串钱，满口答应下来。米店老掌柜有四个儿子，最小的儿子两个月前娶了一塾师的女儿为妻。爹吩咐星秤师傅的

话被新媳妇听见了。老掌柜离开后，新媳妇对星秤师傅说："俺爹年纪大了，刚才一定是把话讲错了。请师傅星一杆十六两半一斤的秤，我再送您两串钱。不过，千万不能让俺爹知道。"

一段时间后，"丰裕"米店的生意兴旺起来，而斜对门的"永昌"米店却门可罗雀，老主顾也纷纷转到"丰裕"买米。

到了年底，"丰裕"米店发了财，"永昌"米店却没法开张了，把米店让给了"丰裕"。年三十晚上，老掌柜高兴，出了个题目让大家猜，看谁猜得出自家发财的奥秘。大家七嘴八舌，有说老天爷保佑的，有说老掌柜管理有方的……掌柜嘿嘿一笑，说："你们说的都不对。发财是靠咱的秤！咱的秤十五两半一斤，每卖一斤米，就少付半两，每天卖几百几千斤，就多几百几千个钱，日积月累，咱就发财了。"

儿孙们惊讶过后，都说老人家不显山不露水地就把钱赚了，实在高明。这时，新媳妇从座位上慢慢站起来，对老掌柜说："我有一件事要告诉爹，希望您老人家原谅我的过失。"新媳妇不慌不忙，把年初多掏两串钱星十六两半一斤秤的经过讲给大家听。她说："爹说得对，咱是靠秤发的财。咱的秤每斤多半两，顾客就知道咱做买卖实在，就愿买咱的米，咱的生意就兴旺。尽管每一斤米少获了一点儿利，可卖的多了获利就大了，咱是靠诚实发的财呀。"大家更是一阵惊讶。老掌柜不相信这是真的，拿来每日卖米的秤一校，果然每斤十六两半。老掌柜呆住了，一句话也说不出。第二天，老掌柜把全家人召集到一块，从腰里解下账房钥匙说："我老了，不中用了。我昨晚琢磨了一夜，决定从今天起，把掌柜让给老四媳妇，往后，咱都听她的！"

众人为秤，半两之差，心明如镜。做生意，讲究"诚"，做人岂不如此？

成长悟语

发财的奥秘不是少付半两，恰恰相反，是多付半两。只有坦荡和真诚，只有获得他人全心全意的信任，才能得到别人的认可。坚守诚信的法则，才能赢得顾客的心，才能创造财富。

画一根比对手更长的线

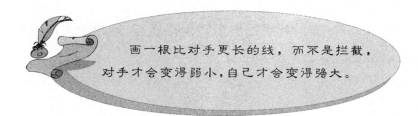

画一根比对手更长的线，而不是拦截，
对手才会变得弱小，自己才会变得强大。

22岁的叶眉从大学毕业，凭借着名牌大学的毕业证应聘到了某跨国集团中南分部工作。与她一起应聘来的，还有另外一个男孩。公司总监说，两个职位，一个是技术部的经理助理，一个是普通的销售人员，试用期三个月，优异者任经理助理。

叶眉的一根弦便绷紧了。怎么说自己也是名牌大学毕业的高材生，对手不过是普通三流大学毕业的。不说职位高低，起码也得为自己的学校争点儿光啊。

自此，叶眉一日三餐，几乎都靠泡面维持，每天过着"家——单位——家"两点一线的生活，然后是无休止的加班。但叶眉的投入，并没有把太多精力放在工作上，更多的时候，她是在观察那个男孩。他在电脑前做什么？他去办公室是不是跟领导打小报告？同事被他幽默的话语逗得哈哈笑，是不是他刻意拉拢同事关系？甚至，为了阻碍他工作的进展，叶眉处处为难他。他要去档案室查资料，她故意让相关人员不给他；他在策划部做方案，她故意关闭电源的按钮……诸如此类。叶眉想，只要他的工作不能顺利完成，经理助理的职位就与自己更近了。

不想三个月后，总监宣布男孩出任经理助理，而信心满满的叶眉，被派往销售部。叶眉心中不满，更疑惑。她不明白，刚进公司时比自己逊色的对手，怎么就强过自己，受到了总监的青睐。

叶眉坦白地去问总监。总监只笑不语。半晌，在一张纸上画了一根线，问叶眉，如何让这条线变短。叶眉二话不说，从直线上截断几截，这不就变短了吗？总监摇摇头，说，这是最低级的做法。然后拿起笔在直线的旁边画了一根更长的直线，意味深长地说，有时候，过于关注对手本身，处处设防而忽略自己的提高，只会让对方变得更强大，更上进。画一根比对手更长的线，而不是拦截，对手才会变得弱小，自己才会变得强大。这就是职场的奥秘……

总监话音落地时，叶眉的脸已经羞得通红，她终于明白自己败在了哪里。

（玲　珑）

成长悟语

社会在不断进步，竞争也日趋激烈，面对对手的挑战，有些人会想尽办法阻碍别人的前进，结果却往往适得其反。其实，只有不断努力，掌握更多的知识，不断充实自我，才能使自己立于不败之地。

发财的机会

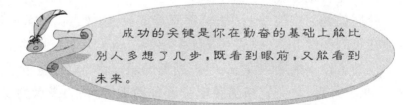

成功的关键是你在勤奋的基础上能比别人多想了几步，既看到眼前，又能看到未来。

三个年轻人一同结伴外出，寻找发财的机会。在一个偏僻的小镇，他们发现了一种又红又大、味道香甜的苹果。由于地处山区,信息、交通等都不发达,这种优质苹果仅在当地销售,售价非常便宜。

第一个年轻人立刻倾其所有,购买了10吨最好的苹果,运回家乡,以比原价高两倍的价格出售。这样往返数次,他成了家乡第一个万元户。

第二个年轻人用了一半的钱,购买了100棵最好的苹果树苗运回家乡,承包了一片山,把果苗栽种。整整3年时间,他精心看护果树,浇水灌溉,没有一分钱的收入。

第三个年轻人找到果园的主人,用手指着果树下面,说:"我想买些泥土。"

主人一愣,接着摇摇头说:"不,泥土不能卖。卖了还怎么长果树?"

他弯腰在地上捧起满满一把泥土,恳求说:"我只要这一把,请你卖给我吧,要多少钱都行!"

主人看着他,笑了:"好吧,你给一块钱拿走吧。"

他带着这把泥土返回家乡,把泥土送到农业科技研究所,化验分析出泥土的各种成分、湿度等。接着,他承包了一片荒山,用整整3年的时间,开垦、培育出与那把泥土一样的土壤。然后,他在上面栽种了苹果树苗。

现在,10年过去了,这三位结伴外出寻求发财机会的年轻人命运迥然不同。

第一位购苹果的年轻人现在每年依然还要购买苹果运回来销售,但是因为当地信息和交通已经很发达,竞争者太多,所以赚的钱越来越少,有时甚至不赚钱反而赔钱。

第二位购买树苗的年轻人早已拥有自己的果园,因为土壤的不同,长出来的苹果有些逊色,但是仍然可以赚到相当的利润。

第三位购买泥土的年轻人,他种植的苹果果大味美,和山区的苹果相比不相上下,每年秋天引来无数购买者,总能卖到最好的价格。

成长悟语

勤奋造就成功,这是千载不变的真理。但在同样勤奋的人群中如何突围而出,取得成功?眼光和思维就显得尤为重要。成功的关键是你在勤奋的基础上能比别人多想了几步,既看到眼前,又看到未来。

巨蟒与豹子

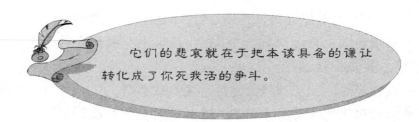

它们的悲哀就在于把本该具备的谦让转化成了你死我活的争斗。

在一个原始森林里,一条巨蟒和一头豹子同时盯上了一只羚羊。豹子看着巨蟒,巨蟒看着豹子,各自打着"算盘"。

豹子想:如果我要吃到羚羊,必须首先消灭巨蟒。

巨蟒想:如果我要吃到羚羊,必须首先消灭豹子。

于是,几乎在同一时刻,豹子扑向了巨蟒,巨蟒扑向了豹子。

豹子咬着巨蟒的脖颈想:如果不下力气咬,我就会被巨蟒缠死。

巨蟒缠着豹子的身子想:如果不下力气缠,我就会被豹子咬死。

于是,双方都死命地用着力气。

最后,羚羊安详地踱着步子走了,而豹子与巨蟒却双双倒地。

猎人看了这一场争斗甚是感慨,说:"如果两者同时扑向猎物,而不是扑向对方,然后平分食物,两者都不会死;如果两者同时走开,一起放弃猎物,两者都不会死;如果两者中一方走开,一方扑向猎物,两者都不会死;如果两者在意识到问题的严重性时互相松开,两者也都不会死。它们的悲哀就在于把本该具备的谦让转化成了你死我活的争斗。"

　　在竞技场上不求胜的是懦夫，但在生活中事事求胜的却是愚者。因为这样的人容易因求胜心切而作出错误的判断，结果不仅不能获取胜利，还有可能造成大的损失。因此，不要让利益蒙蔽了你的双眼，切记欲速则不达的道理。

第四辑　竞争让你充满活力

一个没有对手的生物，一定是死气沉沉的生物；一个没有对手的民族必定成为一个不思进取的民族。同样，一个人、一个团体、一个组织，如果没有了对手，也可能会走向怠惰和没落。

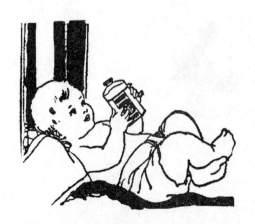

学会合作，懂得分享

美国女科学家朱克曼教授作过这样一个统计：在诺贝尔奖设立的第一个 25 年中，合作研究获奖的人数仅占 41％，第二个 25 年里占 65％，第三个 25 年里占 79％。而时至今日，已极少有人孤军奋战，独享其誉了。

现代社会，人与人的联系越来越紧密，单枪匹马，独享其成已经成为过去，只有学会团体合作，懂得与人分享，追求"双赢"，才能展现自己最大的潜力。因为一堆沙子是松散的，可是它和水泥、石子、水混合后，却比花岗岩还坚韧。

上帝的惩罚

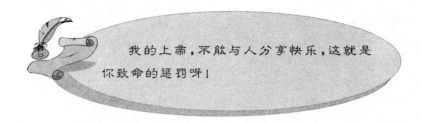

我的上帝，不敢与人分享快乐，这就是你致命的惩罚呀！

我太太接到一个久无联系的同学的电话，寒暄客套了老半天。

我听太太接过的话茬儿，已听出了对方要告诉我们什么，便压低声音，对为人老实的太太说："赶快点明，问她家是不是买了新房子？"太太便不知所以然地话锋一转："老同学，这么开心，是不是又买了房子了？"

电话那头传来兴奋的笑声，我与太太隔1米远都能听到。"你怎么知道？消息这么灵通！对呀，我老公又买了一套85万元的小复式，不是按揭的……"

事后太太对我料事如神的能力大为惊讶。我笑着拍拍她的脑袋："因为我了解人心。一个人如果有什么喜讯，不及时向四周散播，那是比痛了不让你叫喊、痒了不让你笑还要难受的。"

我比较喜欢孩子的率真。邻居5岁的小孩子跑过来要告诉我一个好消息，结果太急了，摔了一跤，哭了。我蹲下来摸摸他的脚安慰他。他突然记起刚才要告诉我的喜事，便又破涕为笑："叔叔，看，我的新鞋子！"

不久前，我也接到一位旧友的电话。他软绵绵地问我，什么时候去郊外。我第一反应是那么远怎么去，但马上就有个新念头闪现——莫非他买了新车？他很愉快但略显矜持地说："没什么，就是一辆破车……"为满足他这种幸福的心情，我当即决定替他多叫几个旧友一同去"捧"他的车。我们的友情因此得到进一步巩固。

一个善解人意的人，很容易行善积德。因为他懂人心，可以不费吹灰之力，只要一句赞美一个微笑或拥有一颗真挚分享的心，就可以给他人带去许多美妙的感受。也许这只是小小的善，小小的德，但都是阳光的颗粒。

犹太教规定安息日不可以做事，连按电梯按钮都不行。某个安息日，一位酷爱高尔夫球的长老实在手痒难耐，偷偷去打球。球场一个人都没有，他乐得手舞足蹈。但不幸让天使看到了，天使急忙去上帝那里告状，要上帝好好惩罚这位长老。

打了一会儿，成绩不错，长老十分高兴。天使又去打小报告。上帝懒懒地说："知道了。"打完 9 个洞，几乎都是一击必中。天使忍无可忍，又去找上帝。上帝神秘地笑笑。打完 1～8 个洞，成绩史无前例的好，长老乐坏了。

天使很生气地问上帝："这就是你所说的惩罚吗？"上帝笑了："你想想，他的快乐能和谁说？又能和谁去分享？"

我的上帝，不能与人分享快乐，这就是你致命的惩罚呀！

（罗　西）

成长悟语

当你把快乐与人分享时，你的快乐就变成了双份；当你将你的烦恼向别人倾诉时，你的烦恼就会减半。分享，是我们汲取力量与收获快乐的源泉，懂得与人分享，乐于与人分享，你的生活将会焕然一新。

赢得别人的帮助和协作

最后获胜的竟然是那个矮个子。这到底是为什么？

某公司要招聘一个营销总监，报名的人很多，经过层层考试，最后只剩下三个人竞争这个职位。

为了测验谁最适合担任这个角色，公司出了一道怪题：请三个竞争者到果园里摘水果。

三个竞争者一个身手敏捷，一个个子高大，还有一个个子矮小，看来，前面两个最有可能成功。但正好相反，最后获胜的竟然是那个矮个子。这到底是为什么？

原来，这次考试是经过精心设计的，竞争者要摘的水果都在很高的位置，很多都在树梢。个子高的人，尽管可以一伸手就摘到一些果子，但是毕竟有限。身手敏捷的人，尽管可以爬到树上去，但是树梢的一部分，他就够不着了。而个子矮小的人，一看到这种情形，二话不说就往门口跑。守门的是个老头，也是果园的维护者。这位小个子的应聘者意识到这次招聘非同寻常，也许个个是考官，处处是考场，所以在刚进门时，他就很热情地和老头打了招呼。他很谦虚地请教老头平时他是怎样摘这些树梢上的水果的，老头回答说是用梯子。于是，他向老头提出借梯子，老头十分爽快地答应了。有了梯子，摘起水果来自然不在话下，结果，他摘得比谁都多。因此，他赢得了最后的胜利，获得了总监的职位。

一个人再聪明能干,终究不过是一个脑袋,两只手而已,充其量也只能做几件自己认为得意的事情。凡是能成大事的人,都是善于合作的人,善于在各种合作的过程中,找到自己可能成功的条件和因素。

一棵树上的两种果实

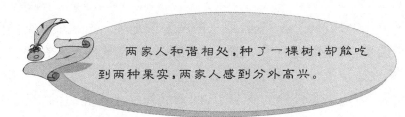

两家人和谐相处,种了一棵树,却能吃到两种果实,两家人感到分外高兴。

第五辑　学会合作,懂得分享

两家相邻,以院墙相隔,墙东栽了一棵石榴,墙西栽了一棵樱桃,春天开花的季节,姹紫嫣红,分外妖娆。

两家经常坐在各自的树下乘凉、吃饭,因为有了两棵树,他们的生活五彩缤纷。

但时间久了,两棵树的枝条开始延伸生长,它们逐渐蔓过了院墙的界限,石榴的枝条跑向了墙西,而樱桃的枝条呢,也无声无息地伸进了东邻。

又到了开花时,东家开始给石榴打药了,因为石榴树上生了许多的虫子。他给自己的石榴打完药,仔细观察,竟然发现樱桃蔓过的枝条上也有害虫。他想了想,觉得这可能是因自己的石榴引起的。于是,他

重新配了药,沿着蔓过的枝条将药打在樱桃枝上。过了几天,他再次观察时,竟然发现所有的害虫消失得无影无踪,他感觉很快乐。

一场大风雨,残花遍地,西家心疼地看着自己的樱桃,他动手给樱桃破损的部分进行捆绑。捆完时,竟然发现越过院墙的石榴也是体无完肤,他忽地想起来了,东家的主人可能出差了,要是几天后回来,石榴也许就会错过了花期。他没有再多想,动手将石榴残破的枝条修理好。

几天后,两棵树又是生机盎然。

到果实成熟的季节了,东家孩子吃了自己的石榴后,看上了蔓延过来的樱桃,他哭着要吃。西家的主人听见了,对东家说:"没关系的,拣大的给孩子摘一些吧。"东家的主人觉得过意不去,便将自家的石榴摘下许多,送给了西家。

两家人和谐相处,种了一棵树,却能吃到两种果实,两家人感到分外高兴。

过了几个月,换了新邻居,原来的两家搬走了。先是东家觉得西家的树枝碍事,便拿剪刀剪了个精光。接下来,西家觉得东家在找自己的事,便索性趁他家没人时,打落了正在盛开的花。

秋天,该是果实成熟的季节了,两家的树枝上光秃秃的,只有几枚残叶在秋风中诉说着凄凉。

生命本是一棵华美的树。如果我们想使自己的生命同时拥有两种果实,那么,你就该允许别人的枝条伸到自己的世界里;同时,你也要学会,将自己的成果奉送到别人的面前。

(古保祥)

只要你将自己的心扉敞开,与人共享你的快乐,那么你便能感受到人间的温情,收获世间的真爱。在你抱怨这个世界如此冷漠时,你是否想过,这是因为你封闭了自己的心,拒绝了他人的温情。

富翁之死

医生看着奄奄一息的富翁感慨万千——只有分工、没有合作的团体迟早是要瓦解的。

天冷得出奇,年迈的富翁坐在炉火旁豪华的座椅上取暖,熊熊的火焰照亮了富翁肥胖的脸庞。渐渐富翁觉得身上发躁、脸上发烧,炉火太旺了。

富翁环顾四周,怎么4个佣人只来了3个。那3个佣人告诉富翁,另外1个佣人跟管家请假了。

富翁没有吭声。他想离开炉火,可别的地方实在是太冷了,没办法只得继续坐在豪华的座椅上向着炉火。

要吃午饭了,富翁头晕得怎么也站不起来。医生赶来,富翁高烧达39.4℃。医生说,这都是炉火温度过高造成的。

高烧引起的并发症非常严重。在富翁弥留之际,医生问富翁:"这么多佣人为什么不把座椅往后挪一挪,离炉火远点儿?"

富翁艰难地告诉医生:"不能怪他们,他们都是有分工的,今天分管把椅子往后挪的佣人请假没来。"

医生看着奄奄一息的富翁感慨万千——只有分工、没有合作的团体迟早是要瓦解的。

(赵倡文)

现代社会特别重视团队精神，合作往往能发挥出 1+1>2 的惊人效果；单独作战则很难获得成功。只有善于与人合作，把各人的长处有机地结合起来，共同迎接生活的挑战，才能避免陷入生活的绝境。

与人分享，快乐无穷

他的藏品保密了一辈子，谁都没看见。他觉得够没意思的了。他回想了一下，自己一辈子竟没见过别人给他的一丝笑容。

收藏家拉希德先生有八千多把梳子，枣木梳、牛角梳、象牙梳、玉梳应有尽有。据他自己说，他有两把西施的梳子、三把杨贵妃的梳子、四把慈禧太后的梳子，还有五把英国女王伊丽莎白一世的梳子。女王的梳子上还挂着一根弯弯曲曲的亚麻色的头发，光这根头发就价值连城啊！拉希德先生的梳子用"老虎嘴"牌保险柜锁着，柜上常年放着一把子弹上膛的手枪。

"你就说世界上这梳子，哈哈……"拉希德先生骄傲得不行，总是说着这样的半句话。

"你想看看我的收藏？那怎么行啊！"拉希德先生常常这样自问自答。

"爸爸，您有许多梳子是吗？"拉希德先生的儿子央求说，"我想看看！”

“不行！”拉希德先生简直吓坏了，赶紧把保险柜的钥匙缝在内裤里，“你小孩子家嘴巴不严，没准惹出什么祸事来呢！爸爸哪有什么梳子呀！”

儿子流下了委屈的泪水。

“他爸，”他的妻子说，“我知道你有梳子，难道连我也不能看一眼吗？”

“不行！”拉希德先生埋下头来，“你们妇人家，浅薄得很，没准……其实梳子有什么好看的呢？”

拉希德先生的内裤改由自己来洗了，因为那上面缝着保险柜的钥匙啊。

为了最大限度地显示自己的富有，拉希德先生几经辗转，好不容易来到一座没有梳子的城市。

“亲爱的市民们，你们知道吗，世界上有一种东西叫梳子，能够把头发弄得格外的整齐顺滑，没见过吧？哈哈，鄙人拥有八千多把梳子呢！”

拉希德先生在人们的眼神里寻找崇拜和恭维，然而他没有找到。你想啊，在一个没有梳子的城市里，也就没人听得懂他的话了。所以说，拉希德先生天天说话，却等于白说。

斗转星移，日月如梭，拉希德先生老了。他的藏品保密了一辈子，谁都没看见。现在，他不知道该怎么办了。卖掉吗？要钱做什么呢？继续保密吗？他觉得够没意思的了。他回想了一下，自己一辈子竟没见过别人给他的一丝笑容。

有一天，拉希德先生坐在一棵大树下昏昏欲睡，他怎么也没想到，有一头狮子从后面走了过来。

狮子是从动物园里跑出来的。这是一头雄狮，长长的鬣（liè）毛有些肮脏，可它仍然不失威武。

当拉希德先生发现了狮子时，真是魂飞魄散、瘫软如泥了。

“先生您好，”狮子开口说，“我很难受，我的鬣毛粘在了一起，硬邦邦的，我一点儿办法都没有。请问，您能帮我个忙吗？”

拉希德先生赶紧讨好地说:"能啊,能的! 我有梳子,有许多许多梳子啊! 狮子先生,您稍等啊!"

狮子跟着他,来到他的住所。

拉希德先生打开保险柜,取出大大小小、疏疏密密、各式各样的许多梳子。狮子看得有些眼花缭乱了。拉希德先生耐心而又很小心地给狮子梳理鬣毛,梳子当然是先用疏的,后用密的了。他还要打一些水来,把鬣毛上的脏东西清洗掉。

狮子乖乖地等着,像猫儿一样温顺,后来竟打起了呼噜。拉希德先生累得满头大汗,花去了三个小时才做完了所有工作。狮子觉得非常舒服,连连感谢。拉希德先生让狮子照了照镜子,狮子露出了动物的让人难得一见的笑容。

"太谢谢您了,看来梳子真是世间的宝贝,您有这么多宝贝,我羡慕死了!"狮子开心极了。

拉希德先生被狮子的笑容感动了。他一股脑儿把所有的梳子拿了出来,送给了狮子和市民。

从此,这座城市有了一种新的文明。

拉希德先生笑了,那是一位老年人的笑容,满足又宁静。

成长悟语

任何人都不可能独自背负所有的事务与压力,快乐的时候你需要有人与你分享,悲伤的时候你更需要有人给你支持和力量。不要悭吝于你的付出,因为你在付出的同时也正与别人分享着快乐。

借 力 而 行

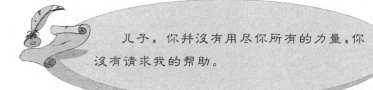

儿子，你并没有用尽你所有的力量，你没有请求我的帮助。

星期六上午，一个小男孩在沙滩上玩耍。他身边有他的一些玩具——小汽车、货车、塑料水桶和一把亮闪闪的塑料铲子。在松软的沙堆上修筑公路和隧道时，他发现一块很大的岩石挡住了去路。

小男孩开始挖掘岩石周围的沙子，企图把它从泥沙中弄出去。他还是个很小的孩子，而岩石却相当巨大。他手脚并用，花尽了力气，岩石却纹丝不动。小男孩下定决心，手推、肩挤、左摇右晃，一次又一次地向岩石发起冲击，可是，每当他刚把岩石搬动一点点的时候，岩石便又随着他的稍事休息而重新返回原地。小男孩气得大喊大叫，使出吃奶的力气猛推猛挤着。但是，他得到的唯一回报便是岩石滚回来时砸伤了他的手指。最后，他筋疲力尽，坐在沙滩上伤心地哭了起来。

整个过程，他的父亲从不远处看得一清二楚。当泪珠滚过孩子的脸庞时，父亲来到了他的跟前。父亲的话温和而坚定："儿子，你为什么不用上所有的力量呢？"男孩抽泣道："爸爸，我已经用尽全力了，我已经用尽了我所有的力量！""不对，"父亲亲切地纠正道，"儿子，你并没有用尽你所有的力量，你没有请求我的帮助。"说完，父亲弯下腰抱起岩石，将岩石扔到了远处。

成长悟语

人互有长短，你解决不了的问题，对于你的朋友和亲人而言或许就是轻而易举的，必要的时候，应当积极寻求他们的帮助，因为他们也是你的资源和力量。

麻雀和红襟鸟

当你投身于集体，成为其中一分子，你所付出的努力与智慧，会得到丰厚的回报，而这才是更大的成功。

在 20 世纪 30 年代的时候，英国送奶公司送到订户门口的牛奶，既不用盖子也不封口，因此，麻雀和红襟鸟可以很容易地喝到凝固在奶瓶上层的奶油皮。后来，牛奶公司把奶瓶口用锡箔纸封起来，想防止鸟儿偷食。没想到，20 年后，英国的麻雀都学会了用嘴把奶瓶的锡箔纸啄开，继续吃它们喜爱的奶油皮。然而，同样是 20 年，红襟鸟却一直没学会这种方法，自然它们也就没有美味的奶油皮可吃了。

这种现象引起了生物学家的兴趣，他们对这两种鸟儿进行研究，从解剖的结果来看，它们的生理结构没有很大区别，但为什么这两种鸟在进化上却有如此大的差别呢？原来，这与它们的生活习性有很大的关系。

麻雀是群居的鸟类，常常一起行动，当某只麻雀发现了啄破锡箔纸的方法，就可以教会别的麻雀。而红襟鸟则喜独居，它们圈地为主，沟通仅止于求偶和对于侵犯者的驱逐，因此，就算有某只红襟鸟发现锡箔纸可以啄破，其他的鸟也无法知晓。

对于物种来说，进化需要集体交流和行动，这样，它们中的任何一个有了新技能，才可以真正地发扬光大，使物种生生不息。同样，对于我们人类来说，要想取得成功，也离不开与他人的沟通与合作。个人的力量往往微不足道，但当你投身于集体，成为其中一分子，你所付出的努力与智慧，就会得到丰厚的回报，而这才是更大的成功。相反，当你孤身一人，与外界充满隔阂，闭关自守，你就会知道，做一件事是多么困难，而成功又是多么遥远。

如果你也是一只鸟，那么你是想做麻雀还是红襟鸟呢？

（孙　丽）

成长悟语

　　常有人说，现实生活中，我们每个人都可以飞得更高一些。但是我们究竟能飞多高呢？这在很大程度上要依靠我们的合作伙伴，依靠我们的团队。生存即共存，只有懂得合作，懂得互惠互利，才能走得更远，飞得更高。

失败者的荣誉

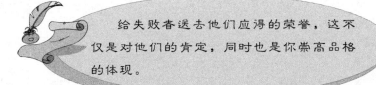

给失败者送去他们应得的荣誉，这不仅是对他们的肯定，同时也是你崇高品格的体现。

1945 年 9 月 2 日，日本投降仪式在美舰"密苏里"号上举行。上午

9时,占领军最高司令道格拉斯·麦克阿瑟将军出现在甲板上,这是一个令全世界为之瞩目和激动的伟大场面。面对数百名新闻记者和摄影师,麦克阿瑟突然做出了一个让人吃惊的举动,有记者这样回忆那一历史时刻:"陆军五星上将麦克阿瑟代表盟军在投降书上签字时,突然招呼陆军少将乔纳森·温斯特和陆军中校亚瑟·帕西瓦尔,请他们过来站在自己身后。1942年,温斯特在菲律宾、帕西瓦尔在新加坡向日军投降,两人都是刚从战俘营里获释,然后乘飞机匆匆赶来的。"

可以说,这个举动几乎让所有在场的人都惊讶、都嫉妒、都感动。因为他们现在占据着的,是历史镜头前最显要的位置,按说该属于那些战功赫赫的常胜将军才是,现在这巨大的荣誉却分配给了两个在战争初期就当了俘虏的人。麦克阿瑟为什么会这样做?其中大有深意:两人都是在率部苦战之后,因寡不敌众,没有援兵,且在接受上级旨意的情势下,为避免更多青年的无谓牺牲,才忍辱负重放弃抵抗的。在记录当时情景的一张照片中,两位"战俘"面容憔悴,神情恍惚,和魁梧的司令官相比,体态瘦薄得像两株生病的竹子,可见在战俘营没少遭罪吃苦。

然而,在这位麦克阿瑟将军眼里,似乎仅让他们站在那儿还嫌不够,他做出了更惊人的举动——

"将军共用了5支笔签署英、日两种文本的投降书。第一支笔写完'道格'即回身送给了温斯特,第二支笔续写了'拉斯'之后送给了帕西瓦尔,其他的笔完成所有手续后分赠给美国政府档案馆、西点军校(其母校)和其夫人……"

麦克阿瑟可谓用心良苦,他用特殊的方式向这两位尽职的落难者表示尊敬和理解,向他们为保全同胞的生命而作出的个人名望的巨大牺牲和所受苦难表示感谢……

(王开岭)

成长悟语

失败者之所以失败,或许不是因为他没有倾尽全力,不是因为他没有努力争取胜利,他的失败或许仅仅是因为当时的时势并没有为他的成功赋予"天时、地利、人和"的环境。给失败者送去他们应得的荣誉，这不仅是对他们的肯定，同时也是你崇高品格的体现。

排队创奇迹

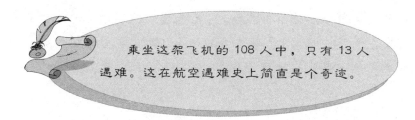

乘坐这架飞机的 108 人中，只有 13 人遇难。这在航空遇难史上简直是个奇迹。

一架空中客车在机场起飞后，突遇机械故障。飞行员竭尽全力进行迫降，但是飞机最终还是坠落在一大片沼泽地中。

飞机在沼泽里燃起熊熊大火，十几分钟后发生了剧烈爆炸。据目击者猜测，飞机里乘客生还的机会很小。但是，实际情况却是：乘坐这架飞机的 108 人中，只有 13 人遇难。这在航空遇难史上简直是个奇迹。

这是发生在美国三角洲航空公司的一件真实的故事，据当地媒体称，飞机坠毁后，能有这么高的生还率，有赖于一位乘客的勇敢行为。

他曾是一位直升机飞行员，当飞机猛烈撞落到地面后，他凭着职业的敏感迅速找到了飞机的裂口处，并把离他最近的一位乘客送到飞机外面，同时他要求这位乘客协助他工作，他自己则高声呼喊逃生的路线。飞机上许多惊醒的乘客纷纷涌向裂口，局面有些不可控制。他有些惊慌，如果发生混乱，逃生的人将会很少。但是，大家很快就排起了长队，互相搀扶着往外走，尽管大家十分惊慌，但是逃命的队伍却井然有序。

飞机在熊熊燃烧，大家都知道时间意味着什么。在地面救援人员的协助下，旅客一个接着一个地离开飞机。等到他离开飞机几分钟后，飞机爆炸了。

电视台为他做了一个专访节目，许多生还的乘客纷纷打电话向他表示最衷心的感谢。可是，这位勇敢的退役飞行员说，他更要感谢生还的乘客，是他们有序的排队争取了时间，救了他们自己，也救了他。

现实生活中，我们常常会遇到一些棘手的问题，有些人只从自己的利益出发，不顾他人，无视客观规律，这样只会把自己推上绝路。相反，凡事从大局出发，兼顾他人利益就能为自己争取多一点儿的生存空间。

一 双 靴 子

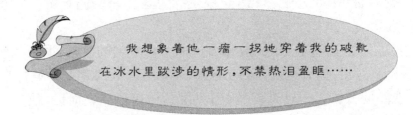

我想象着他一瘸一拐地穿着我的破靴在冰水里跋涉的情形，不禁热泪盈眶……

在我的记忆深处，珍藏着一双靴子，一双得之于半个多世纪以前而今依然完好如初的靴子。它不仅铭刻着一个流浪汉的颠簸之苦，也深藏了一位陌路人的关怀之心。

那是在大萧条时期的一个冬天，当时20岁的我已经独自在外乡闯荡了一年多，一无所获的磨难使我心灰意冷，蜷缩在闷罐车里做着回家的梦。当火车路经一个不知名的小镇时，我下了车，希望能碰上好运气，找到一个打工的机会。一阵刺骨的寒风向我表示了冷冷的敌意，我使劲裹了裹自己的旧外套，但还是被冻得直打寒战，尤其糟糕的是脚上的那双半统靴已不堪折磨，像它主人的梦想一样地破败了——冰水毫不客气地渗入了袜子。我暗暗地向自己许了个愿，要是能攒下买一双靴子的钱，我就回家！

好不容易找到了山边的一个小木屋，不料里面早有几个像我一样的流浪汉了。同病相怜，他们挤了挤，为我挪出了一个位置。屋里毕竟比野外暖和多了，只是刚才被冻僵的双脚此时变得疼痛难挨，使我怎么也无法入睡。

“你怎么了？”坐在我身旁的一个陌生人转过头来问我。

“我的脚趾冻坏了，”我没好气地说，“靴子漏了。”

这位陌生人并不在意我的态度，仍然热情地向我伸出了手：“我叫厄尔，是从堪萨斯的威奇托来的。”之后，他跟我聊起了自己的家乡、家人以及自己的流浪经历……厄尔先生的健谈似乎缓解了我身体的不适，我不知不觉地迷糊了过去。

这个小镇并没有为我留下一份吃的。盘桓数日以后，我又登上了去堪萨斯方向的货车——厄尔先生也在这趟车上。火车渐渐地驶出了落基山区，进入了茫无边际的牧场。天气也越来越冷了，我只有不停地跺脚取暖。不知什么时候，厄尔先生已经坐在我身边了。他关切地问我：“你家里还有什么人？”我告诉他，家里还有一个父亲和一个妹妹——是个穷得丁当响的农家。

厄尔先生安慰我说：“不管怎样的家也总是个家呀！我看你还是和我一样回家去吧。”

望着寒星闪烁的夜空，我感到了一种从来没有过的孤独。“要是……要是我能攒点儿钱买双靴子，也许就能够回家了。”

我正想着家庭的温暖的时候，发觉脚跟被什么东西碰了一下。低头一看，原来是一双靴子——厄尔先生的。

“你试试吧，”厄尔说，“你刚才说，只要能有一双像样的靴子你就能回家了。喏，我的靴子尽管已经不新，但总还能穿。”他不顾我的谢

绝,一定要我穿上,"你就是暂时穿穿也好,待会儿再换过来吧。"

当我把自己冰凉的脚伸进厄尔先生那双体温尚存的靴子时,立刻感到了一阵暖意,我很快在隆隆的火车声中睡着了。

等我醒来时,已经是次日凌晨了。我左顾右盼,怎么也找不到厄尔先生的身影。一位乘客见状说:"你要寻那个高个子?他早下车了。"

"可是他的靴子还在我这儿呢。"

"他下车前要我转告你,他希望这靴子能陪伴你回家去。"

我怎么也不能相信,世上确实还有这样的好人:不是将自己的多余之物作施舍,而是把自己的必需之物奉献他人,为了让他能有脸回家去!我想象着他一瘸一拐地穿着我的破靴在冰水里跋涉的情形,不禁热泪盈眶……

这半个多世纪中,我和厄尔先生再也无缘相见,但在我的心中他永远是我最亲密的朋友,而这双靴子则是我这一辈子得到的最贵重的礼物。

([美] S.查辛)

成长悟语

真朋友是在你需要帮助的时候,借给你肩膀的人;是你在苦闷的时候,帮你走出困境的人。也许,你们只是萍水相逢,也许你还不知道他的名字,但这种帮助与真诚却能成为你一生中最珍贵的财富。

拒绝才能收获, 舍弃才能得到

飞蛾拒绝在黑暗中生存, 获得了生命瞬间的壮观; 简·爱拒绝自卑, 获得了幸福; 吕洞宾拒绝学点石成金的法术, 获得了成仙的奇遇……学会在拒绝中获得, 即使不会有吕洞宾成仙的巧遇, 至少你会获得更高的成就。拒绝之妙, 在乎一心; 是否获得, 还看怎么去拒绝的技巧。

懂得舍弃, 你才能以微笑面对得失; 懂得舍弃, 你才能得到更多……舍弃有时会有峰回路转的效果, "舍弃"中会有"获得"的转机。因为你为获得付出了成本, 生活的哲学是最讲信誉的, 她总有一天要回报你。

平常心——让自己活得更成功

真正的毒药不是长今的聪明才智，而是长今太想赢得比赛而引发了急功近利的心态，从而失去了一颗"平常心"。

聪明的人能马上发现新机会，但为什么其业绩往往不如表面单纯甚至愚钝的人？那是因为要成就一番事业，聪明的想法只是暂时的。能守住成功并持续不断成功的人，往往是那些能持有平常心态去做事的人，只有这样才能持续不断地、坦然地、执著坚韧地一步步迈向成功。

为了争夺最高尚宫娘娘的位置，长今和今英各自全力以赴协助自己的师傅，比赛熬制鲜美的汤。

结果长今输给了今英，输掉了一场关键的比赛。

长今做菜的灵性和才能都不输给今英，但在一场比自己生命都还重要的比赛中她怎么会输了呢？

长今实在太想赢得这场比赛了，为了能够寻找到最好的牛骨，她跑到很远的地方，因此耽误了一天多的时间。要熬上好的牛骨汤，至少需要三天三夜才能去除牛骨的油腻和腥味，长今想出了利用宣纸来去除油腻、加珍贵药材来去掉腥味的方法。

结果却输了。

因为，长今违背了考题的宗旨——"做出老百姓也能做得出的汤"。

师傅对长今说："是你的聪明才智变成了你的毒药，所以你应该失败。"

其实，真正的毒药不是长今的聪明才智，而是长今太想赢得比赛而引发了急功近利的心态,从而失去了一颗"平常心",违背了做事的根本。

一个具有聪明才智的人,应该比别人更容易获得事业上的成功。可是,才智出众的人,往往思想比较复杂,心里的欲望和野心也比一般人更强烈,因此他比普通人更不容易保持一颗"平常心"。他们往往因为自己过于复杂的思想、过于强烈的欲望和野心,而迷失了自己,忘却了做事的根本。这个时候,聪明才智就会成为一种阻碍、一种毒药。

所以,保持一颗"平常心",坚持做事的根本,甚至要单纯得像傻瓜一样,持续专注于这件事本身,而不被其他因素所影响,不被其他目的和欲望所干扰,才能成就一番伟大的事业。

举世闻名的奇才陈景润,在6平方米的小屋里,借一盏煤油灯,伏在床板上,用一支笔,耗去了几麻袋的草稿纸,终于攻克了世界著名的数学难题……

尽管他傻到边走边想数学题,几次头撞树、撞电线杆……可他最终成功了!他最终赢得了爱情、名誉——而这一切都不是他研究数学难题时曾一心想要的,动力只是一个——"热爱数学",这就是一个人最难得的事业心态:平常心。

诺贝尔物理奖获得者丁肇中博士说:"如果是为获得诺贝尔奖来工作,那是非常危险的。"

李嘉诚先生说:"好景时,绝不过分乐观;不好时,也不过分悲观。"

开车的哲学:"慢就是快!"

开飞机的哲学:"稳就是快!"

运动员一定要赢的哲学:"不怕输——才会赢!"

成功学专家陈安之说:"先有质,才后有量;先有稳,才后有快。"长今通过这个事件,终于领悟到了应该用怎样的心态来对待自己的工作和事业。从此以后,不管遇到多大的危机,受到多大的诱惑,她都能始终如一,以平常的心态,坚持做事的根本。哪怕刀架在脖子上,也不会放弃自己的初衷,放弃自己的原则。

(王 阳 河 沿)

人世中的许多事,只要想做,都能做到,该克服的困难,也都能克服。只要一个人还在朴实而饶有兴趣地生活着,对所有的是非得失都保持一颗平常的心,他终究会发现,造物主对世事的安排都是水到渠成的。

关键是必须舍得

一旦你舍得了你已经有的东西,你注注什么都不会损失。人生也是一道题,时时处处你都必须懂得放弃的道理。

小宁的父亲是一位数学老师。一天,他在外面吃喜酒,回来时带回了一包糖果。他先拿出一颗糖果给小宁。看着正要剥开糖来吃的儿子,他忽然想起了一道传统的数学题,觉得这是一个启发儿子的好机会,便拦住了。

他又从那包糖果里数出 17 颗,一颗一颗地摆在桌面上。他吩咐小宁把这 17 颗糖果分成三份——爸爸一份,妈妈一份,他自己一份,但要求小宁的一份是桌上糖果的 1／2,妈妈的一份是糖果的 1／3,爸爸的一份则是糖果的 1／9。不能把糖掰开,也不能剩。这下可把小宁难住了。17 不能被 2、3 和 9 整除,怎么也不可能按父亲的要求去分呀!他急得抓耳挠腮,还是无计可施。

父亲见状,在一旁意味深长地叹了一口气说:"要是有 18 颗糖果就好分了,是不？”

小宁是一个非常机灵的孩子,一听这话,知道是父亲在提醒自己,就赶紧把手中那颗还没来得及吃的糖果拿出来,凑成了 18 颗。这样难题就迎刃而解了。更令他高兴的是,最后他先得到的那块糖仍剩了下来,还属于他。

父亲想了想,对小宁说:“孩子,这下你应该知道了吧,解这道题的关键是你必须舍得。你要是舍不得把自己手里的糖果拿出来,你就永远不可能解开这道题;你要是舍得,你就能很容易地解开这道题。而且,一旦你舍得了你已经有的东西,你往往什么都不会损失。解题是如此,与人相处何尝不是如此呢？孩子,你要记住,人生也是一道题,时时处处你都必须懂得放弃的道理。”

得与失其实只有一线之隔,我们以为得就是得意,失就是失意。人生在世不可能事事完美,有得必有失,有失必有得。学会舍得是一种生存的哲学,得既是失之由,失又何尝不是得的开始呢？

勇敢地说"不"

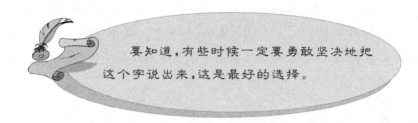

要知道,有些时候一定要勇敢坚决地把这个字说出来,这是最好的选择。

汉斯刚参加工作不久,姑妈来到这个城市看他。汉斯陪着姑妈在这个小城转了转,就到了吃饭的时间。

汉斯身上只有 20 美元,这已是他所能拿出招待对他很好的姑妈的全部资金。他很想找个小餐馆随便吃一点儿,可姑妈却偏偏相中了一家很体面的餐厅。汉斯没办法,只得随她走了进去。

两人坐下来后,姑妈开始点菜,当她征询汉斯意见时,汉斯只是含混地说:"随便,随便。"此时,他的心中七上八下,放在衣袋中的手里紧紧抓着那仅有的 20 美元。这钱显然是不够的,怎么办?

可是姑妈一点儿也没注意到汉斯的不安,她不住地夸赞着这儿可口的饭菜,汉斯却什么味道都没吃出来。

最后的时刻终于来了,彬彬有礼的侍者拿来了账单,径直向汉斯走来,汉斯张开嘴,却什么也没说出来。

姑妈温和地笑了,她拿过账单,把钱给了侍者,然后盯着汉斯说:"小伙子,我知道你的感觉,我一直在等你说'不',可你为什么不说呢?要知道,有些时候一定要勇敢坚决地把这个字说出来,这是最好的选择。我这次来,就是想要让你知道这个道理。"

别人的意见固然重要，但只有你自己清楚你需要什么，你能做到什么，你要怎样做。不要活在别人的舆论与眼光中，因为你不可能面面俱到，使每一件事都尽如人意。因此，在该拒绝的时候拒绝，在该坦白的时候坦白，你才会有一个愉快的人生。

装满石头的篓子

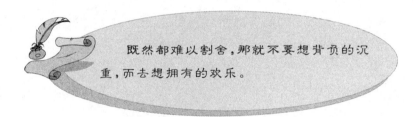

既然都难以割舍，那就不要想背负的沉重，而去想拥有的欢乐。

一个人觉得生活很沉重，便去见哲人，寻求解脱之法。

哲人给他一个篓子让他背在肩上，指着一条砂石路说："你每走一步就捡一块石头放进去，看看有什么感觉。"那人开始遵照哲人所说的去做，哲人则快步走到路的另一头。

过了一会儿，那人走到了头。哲人问他有什么感觉，那人说："越来越觉得沉重。"

"这就是你为什么感觉生活越来越沉重的原因。"哲人说，"每个人来到这个世界上的时候，都背着一个空篓子，在人生的路上我们每走一步，都要从这个世界上捡一样东西放进去，所以就会有越走越累的感觉。"

那人问："有什么办法可以减轻这种沉重吗？"

哲人问他："那么你愿意把工作、爱情、家庭、友谊哪一样拿出来呢？"

那人沉默不语。哲人说："我们每个人的篓子里装的不仅仅是精心从这个世界上寻找来的东西，还有责任。当你感到沉重时，也许你应该庆幸自己不是另外一个人，因为他的篓子可能比你的大多了，也沉多了。"

既然都难以割舍，那就不要想背负的沉重，而去想拥有的欢乐。

无论现实多么不尽如人意，无论生活的担子有多么沉重，我们都必须以快乐的心态去接受。很多时候，决定一切的就是我们的态度，有了正确的态度，就可以将压力转化为动力，从而帮助我们踏上成功的舞台。

学会转弯也是人生的智慧

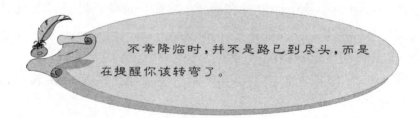

不幸降临时，并不是路已到尽头，而是在提醒你该转弯了。

克里斯朵夫·李维以主演《超人》而蜚声国际影坛。然而1995年5月，在一场激烈的马术比赛中，他意外坠马，成了一个高位截瘫者。当他从昏迷中苏醒过来时对大家说的第一句话就是："让我早日解脱吧。"出院后，为了让他散散心，舒缓肉体和精神的伤痛，家人推着轮椅上的他外出旅行。

　　一次，汽车正穿行在蜿蜒曲折的盘山公路上，克里斯朵夫·李维静静地望着窗外，他发现，每当车子即将行驶到无路的关头时，路边都会出现一块交通指示牌："前方转弯！"或"注意！急转弯。"而转弯之后，前方照例又是柳暗花明，豁然开朗。山路弯弯，峰回路转，"前方转弯"几个大字一次次冲击着他的眼球，他恍然大悟：原来，不是路已到尽头，而是该转弯了。他冲着妻子大喊："我要回去，我还有路要走。"

　　从此，他以轮椅代步，当起了导演。他首次执导的影片就荣获了金球奖。他还用牙咬着笔，开始了艰难的写作。他的第一部书《依然是我》一问世，就进入了畅销书排行榜。同时，他创立了一所瘫痪病人教育资源中心，他还四处奔走为残疾人的福利事业筹募善款。

　　最近，美国《时代周刊》以《十年来，他依然是超人》为题报道了克里斯朵夫·李维的事迹。在文章中，李维回顾他的心路历程时说："原来，不幸降临时，并不是路已到尽头，而是在提醒你该转弯了。"

　　路在脚下，更在心中，心随路转，心路常宽。学会转弯也是人生的智慧，挫折往往是转折，危机同时也是转机。

（陈文杰）

成长悟语

　　打破常规思维，突破固有的框框，往往会收到意想不到的效果。一个简单的脑筋"转弯"，就能为我们解决一个棘手的问题。在现实生活中，我们不妨从多角度看问题，随时开动我们的大脑，转个弯来思考。

金银珠宝与快乐

农夫笑笑说："哪里有什么秘诀，快乐其实再简单不过了，只要你把背负的东西放下就可以。"

有个阔佬，背着许多金银珠宝去远方寻找快乐，可是走遍了千山万水也没有找到。

一天，他正愁眉不展地坐在路边叹息，一位衣衫褴褛的农夫唱着山歌走过来。阔佬向农夫讨教快乐的秘诀，农夫笑笑说："哪里有什么秘诀，快乐其实再简单不过了，只要你把背负的东西放下就可以。"

阔佬忽然顿悟——自己背着那么沉重的金银珠宝，腰都快被压弯了，而且住店怕偷，行路怕抢，成天忧心忡忡，惊魂不定，怎么能快乐得起来呢？

于是，他放下行囊，把金银珠宝分发给过路的穷人。这样，不仅背上的重负没有了，他还看到了一张张快乐的笑脸，他终于成了一个快乐的人。

成长悟语

人生之中，我们背负着太多已经获得的且不愿失去，没有获得的而又期望得到的东西。很多时候不是快乐离我们太远，而是我们有太多的欲望。其实，若要得到快乐再简单不过了，只要把这些背负着的包袱轻轻放下就可以了。

学 会 放 弃

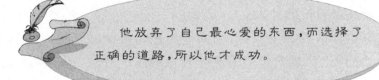

他放弃了自己最心爱的东西,而选择了正确的道路,所以他才成功。

妈妈告诉过我小时候的一件事:

那时的一天,妈妈给我玩具。她先给了我两个,我一手拿一个;后来她又给了我一个,我迅速地把手上的一个玩具用手臂一夹,伸手拿到了第三个玩具。

当你听到这事时可能认为我小时候很聪明,我妈也是这么认为的,现在仔细想一下便知道我很愚蠢。当我夹着一个玩具,手上还拿着两个时怎么能玩得好呢?如果放弃其中任何一个玩具,我想情况会大有改善。

曾经我经历过无数的选择,但放弃的太少,所以才使自己的身心疲惫不堪。以前别人让我帮忙时,我绝不会说"不",不管自己有没有这种能力,往往最后事情干得一塌糊涂。如果我在事前选择放弃,就不会有这么多不堪回首的经历,同时还让事情更糟糕。或许"放弃"是一个人成功必须具备的条件……

大家都知道小孩儿们对气球有一种非常强的依恋的感情。有一天,一对母子在公园中嬉戏,儿子手中拿着一个气球,当他们玩累时就坐在草坪上。于是母亲拿出一只口琴吹起来,林间立即回响起悠扬的琴声。儿子瞪大眼睛,准备伸手向母亲要口琴,却又舍不得放开气球。

左右为难之际，母亲停止了吹奏，朝他不住地发笑。在短短的几秒内，他做了选择，松开手……这天他学会了吹奏口琴。悠扬的琴声响遍公园。这个小孩就是艾伦·格林斯潘——曾任美国联邦储备委员会主席。

他放弃了自己最心爱的东西，而选择了正确的道路，所以他才成功。如果他像我这样不放弃的话，或许他只是一个普通人。塞万提斯笔下那个傻帽正是因为他不会放弃才落得自己忧郁而死。歌剧《图兰朵》中的柳儿也是因为对爱情——准确地说是对一段不可能得到的爱情不放弃而客死他乡。结果当公主与她的"爱情"步入洞房之时谁又会想起柳儿——那个可怜的仆人！

对待事物和人要学会放弃，当面对自己得不到的东西时为何再对它坚决不动摇呢？你是希望事情能随着你的主观意愿去发展？不，这是不可能的，世界绝不会因为失去一个人而改变多少。面对一个人就连世界都学会放弃，而我们呢？

面对选择，我不得不放弃……

（刘　飞）

成长悟语

很多时候，不是生活亏待了我们，而是我们企求太高以致忽略了生活本身，因此，我们才陷入到一种人为的生存困境之中而无法自拔。该执著的时候执著，该放弃的时候放弃，你的头上将永远有一片晴朗的天空。

回 头 不 难

其实，世界并不完美，人生也不可能没有遗憾，凡事应该有所取舍，在该舍弃的时候舍弃也是大智慧。

　　大和尚与小和尚结伴去镇上购买寺院一周必需的粮食。去镇上的路有两条：一条是远路，需绕过一座大山，过一条小溪，来回近一天的路程；一条是近路，只需沿山路下得山来，再过一条大河即可，不过河上只有一座年久失修的独木桥，不知哪天会桥断人翻。

　　大和尚和小和尚自然走的是近路，毕竟远路太远，一天一来回，费时费力。他们轻松下得山来，正准备过桥，突然，细心的大和尚发现独木桥的前端有一丝断裂的痕迹。他赶紧拉住抬着头一直向前走的小和尚："慢点儿，这桥恐怕没法过了，今天我们得回头绕远路了。"小和尚经大和尚的提醒，也看到了桥的断痕，但他甚是迟疑："回头？我们都走到这儿了，还能回头吗？过了桥可就是镇上了，回头绕远路那还得有多远啊？我们还是继续赶路吧，桥或许还能撑得住。"大和尚知道小和尚性格倔强，见他执意要过桥，便不再言语，只是抢道走到了小和尚的前面，并随手捡了块石头在手中。"砰"的一声，腐朽老化的独木桥应声而落，坠入三四丈湍急的河流中。偌大的独木桥竟经不起大和尚手中小石块的轻轻一敲！小和尚惊得半天说不出话来，继而庆幸自己还没来得及踏上危桥，又暗自为自己的鲁莽无知感到羞愧。

　　在回头的路上，小和尚感激而又疑惑地对大和尚说："师兄，刚才幸亏你的投石问路,要不然,我可要葬身鱼腹了。你说,我当时咋就那么懵呢?满脑子想到的都是回头太难,过了桥便是镇上了,绝不能回头了,压根儿就没想过桥万一真垮了摔下河怎么办。"大和尚不无深意地说:"只要懂得放弃,其实回头并不难。"

只要懂得放弃,其实回头不难。人生的很多时候又何尝不是如此呢?

(陆先念)

成长悟语

在这个世界上,总有许多人一味地执著于眼前已经得到或即将得到的事物,并因此总是对自己、对他人分外苛求。其实,世界并不完美,人生也不可能没有遗憾,凡事应该有所取舍,在该舍弃的时候舍弃也是大智慧。

想要说"NO"不容易

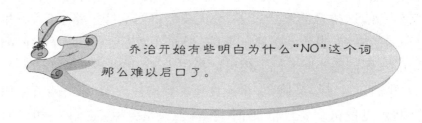

乔治开始有些明白为什么"NO"这个词那么难以启口了。

在一次闲谈中,乔治的父亲对乔治说:"在我看来所有的词中最难说的就是仅仅两个字母的'NO'。"

"你在骗我!"乔治大喊,"这可是世界上最好说的词呀!"为了证明父亲的错误,他说了无数遍"NO"。

"我可没开玩笑,我觉得这是所有词里最难说的一个。你今天觉得很容易,明天可能就说不出口了。"

"我肯定能说出这个词。"乔治很自信地说,"NO,这就像呼吸一样容易。"

"好,乔治,我希望你能像你说的那样,在应该说'NO'的时候能轻易地说出来。"

在学校旁边有一个很深的池塘,冬天结冰时,男孩儿们常到那儿去滑冰。

一夜的工夫,池塘的水面成了美丽的冰面。早晨,孩子们去上学的时候看见那光滑、平坦的冰面像玻璃一样。他们想,到中午冰面就会冻得足够厚实,那时就可以滑冰了。一下课,孩子们就跑到池塘边,有的想试一试,有的只是看看热闹。

"乔治,快来呀!"威廉·格林大声喊,"我们可以美美地溜上一圈了。"

乔治却犹豫不决,他说冰面是昨天晚上才冻的,还不够结实。

"噢,笨蛋,"另一个男孩说,"够结实了,以前的冰面也是在一天之内冻成的,不会有问题,对吗,约翰?"

"是啊,"约翰·布朗说,"去年冬天也是一个晚上就冻成了,何况今年比去年更冷些。"

乔治还是犹豫不决,他不敢在没得到父亲允许的情况下去滑冰。

"我知道他为什么不来,"约翰说,"他怕摔倒。"

"他是个胆小鬼,所以不敢来。"

乔治再也无法忍受这些嘲讽了,勇敢一直是他的骄傲,"我不怕。"他大声说,第一个跳到冰面上。男孩们玩得十分开心,他们跑呀,滑呀,想在光滑的冰面上抓住对方。

越来越多的孩子加入了滑冰的行列,几乎所有的人都很快地忘记了危险。突然,有人大喊:"冰裂了!冰裂了!"果然冰裂了,有三个孩子掉了下去,在水中挣扎着,乔治是其中之一。

老师听到喊声立即赶到。他从旁边的一个篱笆上拆下几根木条,沿着冰面伸过去,直到水中的孩子能抓到。他终于把三个快要冻僵的孩子救出池塘。

乔治被送到家时,他的父母伤心极了。在乔治暖和过来以前,他们什么也没问，只是庆幸他脱险了。到了晚上，当大家都坐在壁炉前的时候，父亲问他为什么忘了他的劝告。

乔治回答说，他并不想去，但是其他的孩子非让他去不可。

"他们是怎么非让你去不可的。他们是把你抓去的还是拖去的？"

"不，他们没拉我，但他们想让我去。"

"那你怎么不说'NO'呢？"

"我想这样说，但他们叫我胆小鬼，我无法忍受这个。"

"换句话说，你宁可去冒生命危险也不愿对人说'NO'，是吗？昨晚，你说'NO'最容易说，但你没做到，不是吗？"

乔治开始有些明白为什么"NO"这个词那么难以启口了。

成长悟语

当你不懂得在必要的时候说"不"，一辈子只会跟着别人的脚步走的时候，你的学习和生活将没有任何可预期和不可预期的发展和变化，你甚至会因此而陷入生存的困境。把握自我、主宰自我才是生存之道。

什么也没失去

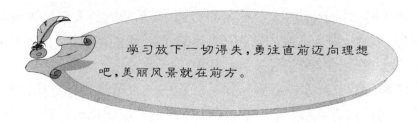

学习放下一切得失，勇注直前迈向理想吧，美丽风景就在前方。

从大学毕业后，他分到了一家国有工厂，他也是这家工厂唯一的大学生。

在最初的几年里，他很想在工厂干出些什么，施展自己的才华和抱负。

他是学管理的，又写得一手好文章，经常在报刊上发表，在那个一千多人的单位里，他很快令人耳熟能详。在单位的简报、黑板报和企业报纸上，经常可以看到他写的文章。

所有人都觉得他在单位里会很有前途，因为他年轻，有才华。但是，奇怪的是，他在单位里待了5年，每一年单位里都有升迁机会，都轮不到他。

他也想不清楚，为什么单位不用他，难道他工作不扎实？他只是在心里想想，但工作仍旧认认真真。

7年过去了，管理层的人员换了一批又一批，但他仍旧待在原先的岗位上。

这时他才感到不妙，思考单位为什么不接受他。

其实工厂里每个职工都熟悉他，也相信他的才华。问题是，他不懂得在工厂里并不是有才华就可以得到升迁的，还需要关系。他缺少的恰恰是关系和左右逢源的狡猾，他像一只猎豹一样不停地奔跑着，让周围的人都感到了危机。

他在工厂的错综复杂的关系链上，无法抓住其中的任何一点，所以他一直都是孤立的。

第8年的时候，单位进行改制，他理所当然地被精简了。这是一个不需要作出说明的原因，因为他和厂长关系一般。

他在这家死气沉沉的工厂里耗了8年，他觉得冤，觉得苦，他说在这里失去了自己一生中最好的年华。

他好像真的失去了最宝贵的年华。但仔细想想，又不是。下岗后，他把自己业余创作的文章集成一册，结果被出版社看中出版了。而后许多家私营企业聘请他加盟，因为他在国有企业工作过，有系统的管理知识和经验。他的性格很适合私营单位的环境，结果被一位老总相中，一年后，被聘为经营副总。

我看他什么也没失去，如果在那家单位该得到的全得到了，对他来说，反而是一种失去。到现在，他自己也不得不承认。

成长悟语

　　我们在生活中所遭遇到的种种困难和挫折，就像是上天加诸在我们身上的石块。表面上这些石块的沉重会阻碍我们的前进，但只要我们能锲而不舍地将他们抖落，然后站上去，那他们就会成为我们的垫脚石。学习放下一切得失，勇往直前迈向理想吧，美丽风景就在前方。

姿态越低,生存的可能就越大

在秦始皇陵兵马俑中保存最完整的是一尊跪射俑,因为它的个子矮、重心低逃过了岁月的各种冲击。在一场龙卷风过后的树林里,生存下来的是那些矮小的树木,而在它们的旁边常常横躺着几具巨木的残骸。

低姿态是一种保护自己的有效手段。不张扬、不讨人嫌、不招人嫉、沉默地不动声色才能更集中精力做好要做的事。低姿态是一种做人的智慧,每个人都渴望得到展现自己的机会,你把光芒收敛,别人就会更喜欢你。

自谦的巨人

和这些为人类的进步留下了巨大财富的人比起来，我们中间那些热衷于给自己树碑立传的人该是多么的汗颜和无地自容啊！

在人类的历史上，能够与诺贝尔的发明创造相媲美的发明家屈指可数，在身后能够与其留下的名声相媲美的更是凤毛麟角。诺贝尔的一生给我们留下了 225 项重大发明，他把自己的所有遗产捐献给社会成立的诺贝尔奖，不仅仅使自己名垂青史，更成为惠及全人类的伟大事业。

按照我们正常的思维，像这样一位伟大的人物，是应该大书特书，有一部像样的传记传世的。世界上有多少并不是十分伟大的人物，特别是一些政治人物，多么热衷于给自己树碑立传啊。诺贝尔给我们留下了这么多伟大的发明，他没有理由不让后人讴歌自己的伟大。

他的哥哥就这样认为。弟弟取得了这样伟大的成就，一辈子为了发明创造竟然没有来得及结婚，没有享受过一天轻松的生活。应该写一部传记留给后人，让人们记住弟弟。他强迫弟弟停下手头的工作来给自己写传记。诺贝尔每天都与哥哥住在一起，他实在没有理由拒绝哥哥的好意，迫不得已，写了自己的传记：

阿尔弗雷德·诺贝尔，他那可怜的半条生命，在呱呱坠地之时，差一点儿断送于一个仁慈的医生之手。主要的美德：保护指甲干净,从不累及别人。主要的过失:没有家室,脾气坏,消化力弱。仅仅有一个愿望:不要被别人活埋。最大的罪恶:不敬财神。生平主要事迹:无。

这就是伟大的诺贝尔给我们留下的只有100多个字的传记。

让我们好好看看这个传记吧。他把从不累及别人当做自己最大的美德,他不敬什么财神,他坚信财富是依靠自己的努力创造的,更令我们不可思议的是,他认为自己没有什么事迹,自己不过是一个平常的人。

无独有偶,同样地这样认为自己没有什么事迹的还有文艺复兴时期意大利最著名的艺术家达·芬奇,他同时是画家、雕刻家、建筑师、工程师、音乐家、哲学家、科学家,他的绘画风格影响了几个世纪。他的代表作品《最后的晚餐》和《蒙娜丽莎》成为人类历史上最经典的作品。但是,在1519年他的生命走到了尽头,眼看着自己的时间不多了,自己有很多的理想不能实现了,他很痛苦地对身边的人说:"我的一生,不过是利用白天来醋睡罢了,我一生一事无成。"

无论是诺贝尔,还是达·芬奇,他们说自己一生一事无成,绝对不是矫情和谦虚,而是因为他们心中的目标更加宏伟和遥远,他们对自己有更高的要求,这也许正是他们之所以名垂青史的原因。

和这些为人类的进步留下了巨大财富的人比起来,我们中间那些热衷于给自己树碑立传的人该是多么的汗颜和无地自容啊!

成长悟语

　　木秀于林风必摧之,形高于众人必非之。一个人即使天赋过人也不能光芒过露,招摇过市。真正的强者,往往具备自我意识的渺小感,谦虚做人,低调做事,只有这样才能引发不断进步的要求与动力,获得非比寻常的成就。

毛鼠与鳄鱼

千万不要过高地估计自己的位置，并以此作为炫耀的资本。悲剧注注是因位置的错位而产生，特别是自大者。

一只可爱的硬毛鼠向四下张望着，然后径直游下了水，水中十几条鳄鱼立刻像被按下电闸起动的传输带一样冲向硬毛鼠的方向。可小家伙丝毫没把这些"傻大个"们放在眼里，鳄鱼们在水中扭动着它们老树皮似的庞大身躯的工夫，硬毛鼠已经把它们抛在了脑后，并迅速地爬到了河流中央的一棵树上。

十几条鳄鱼面目狰狞、凶神恶煞般地冲了过来，但望见已经爬上树梢的硬毛鼠后大都又失望地离去，只留下一条小鳄鱼还在那里向上张望……它试了试，向前冲，但是没什么效果；接着它又试了一下，还是如故。稍停了几分钟后，它调整了自己的状态，然后奋身一跃，这次它足足跳起了七八十公分，但是离硬毛鼠栖身的树杈还是差得很远。它又稍停了片刻，然后又是飞身一跃……一次，二次，三次……小鳄鱼不断地打破着自己的跳高纪录，1.3 米、1.5 米、1.8 米、1.9 米……最后的一跃，它居然跳到了 2 米多高，随着树杈"喀嚓"一声折断，可怜的硬毛鼠顷刻间便成了这只小鳄鱼的"点心"。

我不敢肯定这到底是一只硬毛鼠的一次觅食遭遇，还是一条小鳄鱼的一次超常发挥。

因为硬毛鼠是一种很聪明的动物，世代居住于此，与鳄鱼家族比邻而居,常常栖身于树权之上,食野果。它们深知鳄鱼凶猛暴戾的本性,从不轻易越雷池半步,鳄鱼们则多半时间潜伏在水中捕食猎物,如鱼类、蛙类,硬毛鼠这类小动物也是它们喜食的美味。而捕食硬毛鼠这种陆地上的小动物,对于鳄鱼来说并不是一件容易的事,除非硬毛鼠自己游下水,鳄鱼才会有一点儿渺茫的机会。可此时岸上有无尽相似的野果可供食用,硬毛鼠为什么偏偏选择游到河流中央的一棵独树上来觅食野果呢?

经过动物学家们细致的观察,答案终于揭晓:觅食并不是硬毛鼠的真正目的,它的真正动机是想"炫耀"一下自己的本领——爬树。也正是这一点深深地刺伤了鳄鱼的自尊心,因此生活在古巴内陆的鳄鱼独一无二地进化出了"跳高"这种行为方式。

取得了一点儿成绩,便骄傲地炫耀起来,本以为能超越他人提升自己在众人眼中的地位,却没想到别人已经抢先一步做出了更好的成绩,弱者的炫耀成就强者前进的动力。凡事都没有值得炫耀的价值,尤其是在比自己强大的对手面前,若想不被"吃"掉,还是老老实实地待在自己的"陆地"上吧!

(祝春兰)

成长悟语

　　人生在世,各有各的位置,又各自有着适合自己和此时此刻应当扮演的角色。千万不要过高地估计自己的位置,并以此作为炫耀的资本。悲剧往往是因位置的错位而产生,特别是自大者。

拉比与傲慢的公主

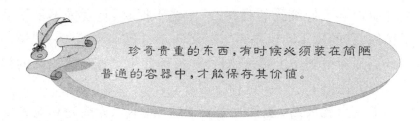

珍奇贵重的东西，有时候必须装在简陋普通的容器中，才能保存其价值。

拉比，是一位相貌丑陋而头脑聪明的人。一次拉比去晋见罗马公主，公主一见到他这副样子，就当面奚落他说：

"在如此丑陋的人的脑袋里，怎么可能有了不起的智慧？"

拉比受到如此羞辱，不但没有恼怒，反而笑容满面地问公主：

"王宫里有没有酒？"

公主点了点头。

拉比又问：

"装在什么容器里？"

公主说装在坛子里。

拉比惊讶地说：

"贵为罗马帝国的公主，为何不以富丽堂皇的金器、银器盛酒，反而以粗陋的坛子装酒呢？"

公主觉得拉比的话很有道理，便令宫中佣人将那些金器拿来装酒，而用那些坛子去装水。结果时隔不久，酒变得淡而无味了。

皇帝知道酒变味后，勃然大怒，下令追查是谁干的。公主连忙坦白说，是她让佣人干的，原以为这样会更好，没想到反而把事情弄糟糕了。

公主想到这是拉比唆使她干的,就去找拉比算账。

"拉比,你为什么让我这样做呢?"

拉比微微一笑,温和地说:

"我只是要让你明白,珍奇贵重的东西,有时候必须装在简陋普通的容器中,才能保存其价值。"

公主恍然大悟,从此以后再也不敢小看这位丑陋的拉比了。

成长悟语

有光的地方就一定会有阴影,就像一个人不可能全是优点,也不可能全是缺点。切勿因别人的某一个缺点而将其全盘否定,更不能只看表象,以貌取人。只有充分尊重并发掘他人的优点,才是正确的相处之道。

有本事不必自夸

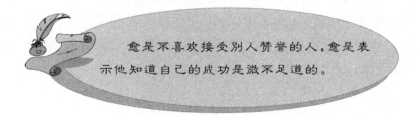

愈是不喜欢接受别人赞誉的人,愈是表示他知道自己的成功是微不足道的。

美国南北战争时,北军格兰特将军和南军李将军率部交锋。经过一番空前激烈的血战后,南军一败涂地,溃不成军,李将军还被送到浦麦特城去受审,签订降约。

格兰特将军立了大功后,是否就骄奢放肆、目中无人起来了呢?没有! 他是一个胸襟开阔、头脑清醒的人。

他很谦恭地说："李将军是一位值得我们敬佩的人物。他虽然战败被擒，但态度仍旧镇定异常。像我这种矮个子，和他那6尺高的身材比较起来，真有些相形见绌，他仍然穿着全新的、完整的军服，腰间佩带着政府奖赐给他的名贵宝剑；而我却只穿了一套普通士兵穿的服装，只是衣服上比士兵多了一条代表中将官衔的条纹罢了。"这一番谦虚的话在人们听来，远比自吹自擂好得多。

也许你以为格兰特将军的自谦固然值得赞美，而李将军以败将的身份，居然也昂首挺胸、衣冠整齐，似乎有些示之骄傲吧？其实不然，李将军虽然战败，但仍能坦然忍受耻辱，这正是他勇敢坚毅的地方。他这样做，是表示他把失败当做一种经验，而非一种耻辱，如果能再给他一次机会的话，他仍能挺身奋战，争取光荣。所以，也可以说他不失为一位伟大军人的风度。他之所以与格兰特持相反的态度，并非不肯谦虚，实在是由于两人所处的环境不同。

格兰特将军不但赞美了李将军的态度，而且也没有轻视他的战绩。他认为自己的成功和李将军的失败，是综合因素所造成的。他说："这次胜负是由极凑巧的环境决定的，当时敌方军队在弗吉尼亚几乎天天遭遇阴雨天气，害得他们不得不陷在泥淖中作战。相反，我军所到之处，几乎每天都是好天气，行军异常方便，而且有许多地方往往是在我军离开一两天后便下起雨来，这不是幸运是什么呢！"

格兰特将军把一场决定最后命运的大胜利，归功于天气和时运，这正表示他有充分的自知之明，始终没有被名利的欲念所埋没。曾经有人说："愈是不喜欢接受别人赞誉的人，愈是表示他知道自己的成功是微不足道的。"

成长悟语

　　人要自信，但千万不能自大、自夸。假使你常为芝麻小事而得意忘形，自己拍自己的肩膀，把它当做一桩了不得的事情，那你不但不能得到赏识，还有可能招致他人的反感。真正有本事的人用以证明自己能力的从来都不是自卖自夸的语言，而是实实在在的行动和绩效。

花朵静悄悄地开放

小沙弥愣怔一阵之后，脸"刷"地一下就红了，诺诺地对法师说："弟子领教了，弟子一定痛改前非！"

寺院里接纳了一个年方 16 岁的流浪儿，这个流浪儿头脑非常灵活，给人一种脚勤嘴快的感觉。灰头土脸的流浪儿在寺里剃发沐浴之后，就变成了干净利落的小沙弥。

法师一边关照他的生活起居，一边苦口婆心、因势利导地教他为僧做人的一些基本常识。看他接受和领会问题比较快，又开始引导他习字念书、诵读经文。也就在这个时候，法师发现了小沙弥的缺点——心浮气躁、喜欢张扬、骄傲自满。例如，他刚学会几个字，就拿着毛笔满院子写、满院子画；再如，他一旦领悟了某个禅理，就一遍遍地向法师和其他僧侣们炫耀；更可笑的是，当法师为了鼓励他，刚刚夸奖他几句，他马上就在众僧面前显摆，甚至不把任何人放在眼里，大有唯我独尊、不可一世之势。

为了改变和遏制他的不良行为和作风，法师想了一个用来启发、点化他的非常美丽的教案——这一天，法师把一盆含苞待放的夜来香送给这个小沙弥，让他在值更的时候，注意观察一下花卉的生态状况。

第二天一早，还没等法师找他，他就欣喜若狂地抱着那盆花一路招摇地主动找上门来，当着众僧的面大声对法师说："您送给我的这盆花太奇妙了！它晚上开放，清香四溢、美不胜收。可是，一到早晨，它又

123

收敛了它的香花芳蕊……"

法师就用一种特别温和的语气问小沙弥："它晚上开花的时候,吵你了吗？"

"没、没有,"小沙弥高高兴兴地说,"它的开放和闭合都是静悄悄的,哪能吵我呢。""哦,原来是这样啊,"法师以一种特殊的口吻说,"老衲还以为花开的时候得吵闹着炫耀一番呢。"

小沙弥愣怔一阵之后,脸"刷"地一下就红了,诺诺地对法师说："弟子领教了,弟子一定痛改前非！"

山深愈幽,水深愈静。真正有学问、有道行的人,真正成功和芬芳的人生,不见得张扬和炫耀。

成长悟语

半瓶酒晃荡,满瓶酒不响。最有价值的人不一定是最能说会道的人。我们要学会沉默,学会倾听,学会将知识进行酝酿、积累,而不是急于向他人展示自己不成熟的思想。真正的价值不在于你说得有多好听,而在于你做得有多好。

不要告诉他你比他聪明

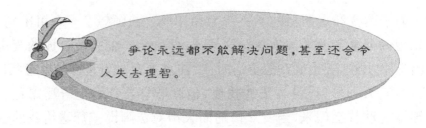

争论永远都不能解决问题,甚至还会令人失去理智。

要比别人聪明,如果可能的话,就不要告诉人家你比他聪明。如果有人说了一句你认为错了的话——即使你知道是错的，你这么说会更好："噢，这样的，我倒有另一种想法，但也许不对。我常常会弄错。如果我弄错了，我很愿意被纠正过来。我们来看看问题的所在吧。"

用"我也许不对"、"我常常会弄错"、"我们来看看问题的所在"这一类句子，确实会收到神奇的效果。你承认自己也许会弄错，就绝不会惹上烦恼。因为那样的话，不但会避免所有争执，而且还可以使对方跟你一样宽容大度；并且，还会使他承认他也可能弄错。如果你肯定别人弄错了，而且直率地告诉他，结果会如何呢？

有一次，彼得请一位室内设计师为他置办一些窗帘。等账单送来，他大吃一惊。过了几天，一位朋友来看彼得，看到那些窗帘，问起价钱，朋友面有怒色地说："什么？太过分了，我看他占了你的便宜。"

真的吗？不错，朋友说的是实话。可是很少有人肯听别人羞辱自己判断力的实话。身为一个凡人，彼得开始为自己辩护。他说贵的东西终究有贵的价值，你不可能以便宜的价钱买到质量高而又有艺术品味的东西，等等。

第二天，另一位朋友也来拜访，开始赞扬那些窗帘，表现得很热心，说她希望家里购买得起那些精美的窗帘。彼得的反应完全不一样了。"说句老实话，"他说，"我自己也负担不起，我所付的价钱太高了。我后悔订了这些。"

当我们错的时候，也许会对自己承认。而如果对方处理得很适合，而且和善可亲，我们也会对别人承认，甚至以自己的坦白直率而自豪。但如果有人想把难以下咽的事实硬塞进我们的食道，你想，我们的感觉将会如何？表现得聪明未必是件好事。

如果你想知道一些有关处理人际关系、控制自己、完善品德的有益建议，不妨看看本杰明·富兰克林的自传——它是最引人入胜的传记之一，也是美国的一本名著。

在这本自传中，富兰克林叙述了他如何克服好辩的习惯，不在任何时候都表现得比别人聪明，使自己成为美国历史上最能干、最和善、最老练的外交家。

当富兰克林还是个毛躁的年轻人时，有一天，一位教会的老朋友

125

把他叫到一旁,尖刻地训斥了他一顿:"本,你真是无可救药。你已经打击了每一位和你意见不同的人。你的意见变得太珍贵了,没有人承受得起。你的朋友发觉,如果你在场,他们会很不自在。你知道的太多了,没有人再能教你什么,也没有人打算告诉你些什么,因为那样会吃力不讨好的,而且又弄得不愉快。因此,你不能再吸收新知识了,但你的旧知识又很有限。"

富兰克林的优点之一,就是他接受了那次教训。他已经能成熟、明智地领悟到他的确是那样,也发觉他正面临失败和社交悲剧的命运。他立刻改掉了傲慢、粗野的习惯。

"我立下一条规矩,"富兰克林说,"绝不准自己太武断。我甚至不准自己在文字或语言上有太肯定的意见表达,比如,'当然'、'无疑'等等,而改用'我想'、'我假设'、'我想象一件事该这样或那样'或'目前,我看来是如此'。当别人陈述一件事而我不以为然时,我绝不立刻驳斥他或立即指正他的错误。我会在回答的时候,表示在某些条件和情况下,他的意见没有错,但在目前这件事上,看来好像稍有两样等。我很快就领会到我这种改变态度的收获:凡是我参与的谈话,气氛都融洽得多了。我以谦虚的态度来表达自己的意见,不但容易被接受,更减少了一些冲突。我发现自己有错时,没有什么难堪的场面。而我自己碰巧是对的时候,更能使对方不固执己见而赞同我。"

"我最初采用这种方法时,确实和我的本性相冲突,但久而久之就逐渐习惯了。也许50年来,没有人听我讲过一些什么太武断的话,这是我提交新法案或修改旧条文能得到同胞的重视,而且在成为民众协会的一员后具有相当影响力的重要原因。我不善辞令,更谈不上雄辩,遣词用句也很迟疑,还会说错话,但一般说来,我的意见还是能得到广泛的支持。"

如果把富兰克林的方法用在经商上呢?我们再看一个例子。

纽约自由街114号的麦哈尼,专门经销石油所使用的特殊工具。一次他接受了长岛一位重要主顾的一批订单,图纸呈上去,得到了批准,工具便开始制造了。然而,一件不幸的事情发生了:那位买主同朋友们谈起这件事,他们都警告他,他犯了一个大错,他被骗了。一切都错了,太宽了,太短了,太这个,太那个,他的朋友把他说得发火了。于是，他打了一个电话给麦哈尼先生，发誓不接受已经在制造的那一批器材。

"我仔细查验过了，确实我方无误。"麦哈尼先生事后说，"我知道他和他的朋友们都不知所云，可是，我觉得，如果这样告诉他，将很危险。我到了长岛，当我走进他的办公室，他立刻跳起来，一个箭步朝我冲过来，话说得很快。他显得很激动，一面说一面挥舞着拳头，竭力指责我和我的器材，而我却耐心地听着。结束的时候，他说：'好吧，你现在要怎么办？'我心平气和地告诉他，我愿意照他的任何意见办。我说：'你是花钱买东西的人，当然应该得到适合你用的东西。可是总得有人负责才行啊！如果你认为自己是对的，请给我一张制造图纸，虽然我们已经花了 2000 元钱，但我们可以不提这笔钱。为了使您满意，我们宁可牺牲 2000 元钱。但我得先提醒你，如果我们照你坚持的做法，你必须负起这个责任。但如果你放手让我们照原定的计划进行，我相信，原计划是对的，我们可以保证负责。'"

他这时平静下来了，最后说："好吧，照原计划进行。但若是错了，上天保佑你吧。"

最终的结果证明，我们的产品非常好。于是他答应我，本季度还要向我们订两批相似的货。

"当那位主顾侮辱我，在我面前挥舞拳头，而且还说我是外行的时候，我要维护自己而又不同他争论，真需要有高度的自制力。的确，我们常常需要极度的自制，但结果很值得。要是我说他错了，开始争辩起来，很可能要打一场官司，感情破裂，损失一笔钱，失去一位重要的主顾。所以，我深信，用这种方法来指出别人错了，是划不来的。"

成长悟语

大部分人都喜欢争强好胜，在遇到分歧时势必要分出个高低对错。其实，争论永远都不能解决问题，甚至还会令人失去理智。然而，若你在受到非议时仍能神情自若，不为其所扰；在需要指出别人错误时能谦厚温和，甚至以幽默的方式点拨对方，你便能轻易地化解矛盾。

鹿 之 死

虚荣的公鹿葬身狮腹。被它嫌弃的腿在危急关头救了它，而它最引以为自豪的角却最终害死了它。

夏季来临了，火辣辣的太阳照射着森林和草原，空气热极了。

一头公鹿从毫无遮挡的草原上跑到了树林里，准备寻找一块凉爽的地方休息。它跑呀跑呀，汗流浃背，嗓子热得冒烟，终于来到一条小河边。

公鹿看到清澈的河水，高兴极了，把嘴凑近水边，咕咚咕咚，喝了个痛快。喝完之后，公鹿长长地呼了一口气，觉得舒服极了。它在凉爽的河边徘徊，忽然看见了自己在水里的影子。又清又亮的河水，把鹿的影子倒映出来。公鹿清清楚楚地看到自己的倒影。"多么雄壮，多么美丽的角啊。"公鹿看到了自己的角，洋洋得意地想。"我的腿又细又丑，怎么能跟我的角相配呢？"公鹿看到了自己的腿，它闷闷不乐地想。公鹿想得入了神，忘了自己身后的危险，没发现一头狮子正悄悄走过来。当它看到狮子时，吓得魂飞魄散，转身就跑。

这次，公鹿准备砍掉的那细腿却救了它的命。它铆足了劲向前逃跑，又瘦又细的腿非常有力量，它越跑越快，把狮子甩下了好长一段距离。前面出现了一片矮树林，公鹿一直向树林冲去。它想，只要进了树林，就可以利用树林遮挡住狮子的视线，我在树林里东拐西转，一定可以甩掉那头狮子。公鹿冲进树林里，可是它的角太大了，没跑几步，就和树枝纠缠在了一起。公鹿急了,可是越挣扎,茂密的树藤在它的角上缠得越紧,完全动弹不得。狮子越追越近,公鹿只有在那等死了。它已经没有时间后悔了,叹了口气,说:"虚荣的我,活该!"虚荣的公鹿葬身狮腹。被它嫌弃的腿在危急关头救了它,而它最引以为自豪的角却最终害死了它。

成长悟语

美和丑只是事物的外表,并不能作为评判事物是否具有价值的标准,一切事物均各有所长,也各有所短。不要只看到它的长处而忽视它的短处,也不要因为它的短处而否定它的长处,美和丑在不同的环境和条件下都有存在的价值。

钓鱼的故事

事情未办成之前就自吹自擂一点儿用也没有,纵然办成了也毋须自夸。

赛跑时,在你还没有冲破终点线的任何时刻里,你都没有资格以胜利者的姿态标榜自己!生活中也是这样,在你还没有真正完成一件事之前,不要忙着炫耀自己。

查尔斯·施瓦伯是伯利恒钢铁公司的总经理。他在自传中写道:"我的一生中有一位影响我最大的人物,他就是我的叔叔。"

下面是一个关于他叔叔的故事:

初秋时节的一天,我头一回从叔叔手里接过鱼竿,跟着他穿过树林去钓鱼。多年的垂钓经历使叔叔深谙何处小狗鱼最多,他特意将我安排在最有利的位置上。我摹仿别人钓鱼的样子,甩出钓鱼线,宛如青蛙跳动似的在水面疾速地抖动鱼钩上的诱饵,眼巴巴地等候鱼儿前来叮食。好一阵子什么动静也没有,我不免有些失望。

"再试试看。"叔叔鼓励我道。

忽然,诱饵消失得无影无踪了。

"这回好啦,"我暗忖,"总算来了一条鱼了。"我赶紧猛地一拉鱼竿,岂料扯出的却是一团水草……

我一次又一次地挥动发酸的手臂,把钓线扔出去,但提出水面时却总是空空如也。我望着叔叔,脸上露出恳求的神色。

"再试一遍,"他若无其事地说,"钓鱼人得有耐心才行。"

突然间,好像有什么东西在拽我的钓线,旋即一下子将它拖入了深水之中。我连忙往上一拉鱼竿,立刻看到一条逗人爱的小狗鱼在璀璨的阳光下活蹦乱跳。

"叔叔!"我掉转头,欣喜若狂地喊道,"我钓了一条!"

"还没有哩。"叔叔慢条斯理地说。他的话音未落,只见那条惊恐万状的小狗鱼鳞光一闪,便箭一般地射向了河心。

钓线上的鱼钩不见了。我功亏一篑,眼看快到手的捕获物又失去了。

我感到分外伤心,满脸沮丧地一屁股坐在草滩上。叔叔重新替我缚上鱼钩,安上诱饵,又把鱼竿塞到我手里,叫我再碰一碰运气。

"记住,小家伙,"他微笑着意味深长地说,"在鱼儿尚未被拽上岸之前,千万别吹嘘你钓住了鱼。我曾不止一次看见大人们在很多场合下都像你这样,结果干了蠢事。事情未办成之前就自吹自擂一点儿用也没有;纵然办成了也毋须自夸,这不是明摆着的吗?"

离成功最近的时候,也是人们最容易松懈的时候,这时成功在望,人们很容易被这种大好的形势冲昏头脑,再无心努力,满脑子是鲜花和掌声,忘记了还需要临门一脚,于是看似唾手可得的成功,也就因为错过时机而调头远走。

大人物和小人物

> 许多卑微者,实际上是最没有危险、最少麻烦的人,而危险总是更多地降临在那些豪杰与英雄们的身上。

整理历史遗迹时,人们发现,在古罗马遗留下来的雕塑中,被人为破坏最多最严重的,是那些以帝王豪杰为首的作品。尽管这些雕塑价值连城,但还是没能逃过一次次历史的劫难。无论是战争,还是民族灾难,人们都会拿这些帝王豪杰的化身来开刀出气,毁得一塌糊涂。

至今为止,在古罗马保留下来的完整的艺术品中,没有一件是帝王人物,凡是显赫一时、驰骋江山的人物雕塑,几乎都被毁坏。保留最为完整的,倒是一些下等人的雕塑,一些小人物。其中一座为帝王进贡的男佣石雕,最为完好:他单腿下跪,两手向上,托着一个果盘。无论是模样,还是形象,都是一副无比卑微的模样,让人看了,不禁唤起心中的怜悯,不忍心去碰他。

无独有偶,在中国,人们在古代遗留下来的文物中同样发现,帝王将相的雕塑被毁坏得最多,最惨。千百年来,各地几乎没留下一件完好的帝王将相塑身,不管是泥塑,还是铜塑;其次被破坏得最严重的,就是那些所谓世代英雄、名门贵客的塑像。

在各地,保留较为完整的历代雕塑,几乎也都是一些卑微者的作

品。

在陕西的兵马俑中，保存最完好的竟然也是一尊卑微者的泥塑——跪射俑。保存之完好，令人惊叹，浑身竟然没有一点儿磕碰。人们不得不为这一现象深深感叹。

巧合的是，除了这些不会说话的雕塑作品，在现实生活中，卑微者也是受到极大保护的。

据心理学家和历史学家考证，卑微者的本身，就能使其逢凶化吉，躲过灾难。卑微者的表现，原是人类自身一种最原始的自我保护现象。人在危难与险境中，只要肯低下头来，危险往往就会降低一半。许多卑微者，实际上是最没有危险、最少麻烦的人，而危险总是更多地降临在那些豪杰与英雄们的身上。

美国人琼斯曾做过一个实验，在电脑上制作出一些有代表性的人物，供人们在游戏中击打：一个大块头的人物和一个小块头的人物同时出现，威武的大块头被击打的比率超过80%，而小块头的人物被击打的次数就相对少了许多。

当把一个老板和一个员工放在一起时，挨打最多的自然是有势力的老板。这与现实生活中，人们恭维、敬畏甚至惧怕老板的情景完全相反。把帝王和贫民做成一对电脑人物，帝王挨打的次数是贫民的数十倍甚至数百倍。

躲过危险的，总是处在低下位置的人；引起人们不满、遭到人们攻击的，却正是那些受人尊敬、被人拥戴的大人物。在这里，事物反差得成了阴阳两重天，全都调了过来。

成长悟语

在一片树林里，一棵长得歪歪扭扭的臭椿树，常常被周围那些长得笔直挺拔的树嘲笑样子难看。有一天，人类来了，把那些长得笔直的树木都砍了下来作木材；而那棵臭椿树因为不能取为木材而无人问津，躲过了斧锯，生命因此得以保存。所以，平淡其实也是生命给我们的一种恩赐，也要珍惜。

爱吹牛的猫

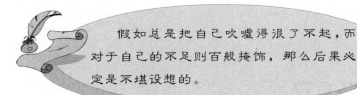

假如总是把自己吹嘘得很了不起，而对于自己的不足则百般掩饰，那么后果必定是不堪设想的。

假如总是把自己吹嘘得很了不起，而对于自己的不足则百般掩饰，那么后果必定是不堪设想的。有一只猫就是这样。

它捕捉老鼠的本事还不太精，会让老鼠从自己嘴边逃掉。每当这时，它就说："我看它太瘦，先放走它，等以后它长肥了再说。"

它到河边抓鱼，鲤鱼的尾巴狠狠地劈头盖脸打下来，把它的脸都打肿了，它却装出笑容说："那是我不想捉它，要捉它还不容易，我就是想用它的尾巴洗脸，刚才阁楼上的灰把我的脸弄脏了。"

一次，它掉到泥坑里，浑身沾满了泥浆。伙伴们惊讶地看着它，它连忙解释说："我身上最近长了一些跳蚤，用这办法治它们，最好不过了。"

后来，它掉到了河里，伙伴们正打算救它，它却挣扎着说："你们以为我遇到危险了吗？不，我是太热了想洗个澡……"话音刚落，它就沉没了。有伙伴说："不好了，它沉下去了，我们快救它吧。"另一只猫说："走吧，我们一片好心帮它，它到时候肯定会说它在表演潜水呢。"

然而，那只说谎的猫再也没有机会为自己辩解了，它沉下去后就再也没有上来过。

吹牛逞强，就好比打肿脸充胖子，虽然别人看起来是胖乎乎的，但只有自己心里最清楚，为了别人的这几句称赞，巴掌打在脸上有多痛，在别人面前忍痛忍得多辛苦。

学会看轻自己

盲目自信会把自己置于不利位置，只有清醒认识自己，并不断吸取教训，加强自身修炼的人，才能不断进步。

小苏大学毕业后进了一家投资咨询公司。他在大学里学的是投资管理，在一次人才交流会上遇到了那位老板，老板说，公司目前虽然不大，但可以给他充分地施展个人才华的空间和机会。

老板并未食言，小苏到公司没多久就被任命为市场部的副经理，负责客户拓展。这是一项相当重要、难度也较大的工作。但小苏没有胆怯，他有闯劲，再加上丰厚的专业知识打底，局面渐渐打开。有一段时间，小苏新拓展的客户竟占了公司新增客户总量的一半以上。老板很高兴，有事没事总要过来拍拍小苏的肩膀，还时不时拉上小苏去喝酒，公司有什么重要活动，也要把小苏带上，给人的感觉，他和小苏的关系有了"哥们儿"的意思。公司里有些人私下里说，小苏不久就会是市场部经理；还有人说，市场部经理算什么，对小苏来说，公司副总也是指日可待的。

小苏自己也踌躇满志。老板越器重他,他越觉得自己对于公司很重要,除老板之外,再也无人能与他相提并论,即便是那个与老板沾亲带故的副总。

不久,市场部经理离开了公司,但出人意料的是,老板并没有让小苏接替那个位置,而是花高薪从一家证券公司挖了一个人过来担任市场部经理。这让小苏很不解,也非常愤懑。小苏不好直接表白自己的心情,便提出要休假,说以前太累了,想放松放松。他想通过这种方式提醒老板,他小苏对于公司来说是不可或缺的。老板考虑了一会儿,同意了。

小苏带着一丝报复心理休假去了,他想,要不了两天公司就会乱套,到那时,老板一定会哭着喊着请他回去。

一个月后小苏回到公司,公司一切如旧,运转正常。当他去老板办公室销假时,老板放下手中的文件,站起来,热情地拍拍他的肩膀,笑着问:"休假结束了?"小苏终于知道,老板的热情不过是作为老板的一种技巧而已,而自己并没有所想的那样重要。这么一想,他原本郁闷的心情忽然轻松开来,他觉得这样的经历对于他来说,未尝不是一件好事,至少,让他明白了美国那句谚语的真正意思。谚语是这样说的:天使能够飞翔是因为把自己看得很轻。

(苏 柳)

成长悟语

　　盲目自信会把自己置于不利位置,只有清醒认识自己,并不断吸取教训,加强自身修炼的人,才能不断进步。看轻自己,不是妄自菲薄,而是卸下那些影响前进的不必要负担,只有这样我们才能轻装上阵,步履轻松。

据心理学家和历史学家考证，卑微者的本身，就能使其逢凶化吉，躲过灾难。卑微者的表现，原是人类自身一种最原始的自我保护现象。人在危难与险境中，只要肯低下头来，危险往往就会降低一半。许多卑微者，实际上是最没有危险、最少麻烦的人，而危险总是更多地降临在那些豪杰与英雄们的身上。

言而无信，无人信言

让 小 学 生 学 会 做 人 的 100 个 故 事

诚信对人，诚信对己。诚信是一轮朗照的圆月，唯有与高处的皎洁对视，才能沉淀出对待生命的真正态度；诚信是一枚凝重的砝码，让摇摆不定的天平立即倾向平稳；诚信是高山之巅的水，能够洗尽浮华，褪尽躁动，淘尽虚诈，留下启悟心灵的妙谛。用心灵呼唤诚信，让诚信成为小鸟的清啼在你耳畔吟唱，让诚信成为寒冷时你身边红红的炉火，让诚信变成烈日下你头顶的一片绿荫。

在挪威,诚信高于一切

在挪威人看来,一个人如果没有良好的德行,那么便没有什么尊严和信誉;而一个没有尊严和信誉的人,社会是不会接纳的。

在挪威留学期间,让我感触颇深的就是挪威人的诚信。

刚到挪威一个多月,我和一位挪威朋友开车去游玩。在路旁的一个超市旁停下来,朋友说要买两瓶水。我们进了超市,发现超市里没有一个人,我的第一疑惑是"营业员"去哪里了?朋友拿了两瓶饮料,按照价签,把钱放进了超市的自动收款机里。

超市没有营业员,也没有收银员,这里没有任何防盗设施,就是小偷不光顾,进来买东西的顾客顺手牵羊那不也是易如反掌吗?我问那位挪威朋友:"如果有人进超市来拿东西,不付账怎么办?"他看了看我,脸上带着吃惊的表情。我的脸一下子红了,怎么能问这个问题呢?"不会的!"他斩钉截铁地告诉我。

这是我第一次领教挪威人的诚实守信。

在挪威,如果出门超过100公里,多数人都选择坐火车。火车站的站台是开放的。进站、上车、列车上和到终点下车出站,都没有人检票,全凭乘客自觉,从来没有人逃票。也许有人会问,不检票,有人逃票也不知道。错了,每列火车总共有多少乘客,每一站上多少人,下多少人,列车员都会认真详细地统计。而统计出来的乘客人数和卖出的车票完全一致。

难道挪威自从有火车以来就没有人逃票吗？人人都讲诚信吗？也不是。在 1986 年，曾经发现了一个逃票者。当火车出发后，列车员统计出来的乘客是 1206 位，而车站售出的票是 1205 张。很显然，有一位乘客没有买票。于是，从来没有检过票的列车员们开始在自己所服务的车厢里检票。很快，那位逃票的乘客被抓着了，一位叫索亚斯的中年男人。

　　索亚斯给出的解释是因为起床晚了，急匆匆赶到车站，火车就要开了，他担心赶不上火车，就没有去售票处买票。解释是没用的，按照规定，他必须补票，并且还要交纳与火车票面值相等的罚款。在我们看来，这样的处罚不重，要知道在中国逃票，罚款的数目可远远高于火车票本身的价格。别急，更严重的惩罚还在后面。从此，这个叫索亚斯的挪威人再乘坐火车，都必须主动去列车员那里受检。别的乘客坐火车在每个环节都不用检票，而他每个环节都必须接受检查。这还不算，因为逃票，索亚斯上了不守信用的"黑名单"，他如果再去银行贷款，就算是挪威首相给他担保，他也贷不到一分钱。更严厉的惩罚还有呢！到商场去买东西，如果你的诚信记录没有污点，一些商品你就可以先买回家试用，3 天之后，如果觉得不好，可以退还给商场，但是，有过不守信记录的索亚斯则失去了这个权利。

　　不守信用会遭到这样的惩罚，谁还敢越"雷池"一步呢？

　　因为社会有诚信的氛围，所以，在挪威人与人之间是相互信任的。拿考试来说吧，无论是多么重要的考试，都没有老师监考。每次考试，在试卷首页的上部都有一段誓言，翻译成中文是："我以我的荣誉起誓，我没有为了这场考试给予或接受任何帮助。"在这段誓言后面，留有一个小括号，那是考生签名的地方。记得我去挪威留学的第二年期末考试，有位叫泰伦丝的女生在期末考试的最后一场考试前因为生病住进了医院。教授把试卷送到医院，对她说："安心养病，如果你认为可以参加考试，就在医院里把它做完。"教授并没有要求她提供任何人的监督。这位女生真的在医院把试卷在规定的时间内独立完成，然后将试卷封好交给了一位护士求其代为送到学校。护士在信封上写下了："泰伦丝小姐在医院用 3 个小时独立完成了这场考试，挪威奥斯陆联合医院消化科的所有医护人员可以作证。"

在我求学的奥斯陆大学，对作弊者的惩罚是有规定的：一旦发现学生作弊，校委会会展开调查，一旦案情确凿，则该生无论背景、家境、学习成绩怎样，都必须在规定的时间内离开大学。我的论文指导老师斯格特教授曾经对我说过这样一句话："对一些有意践踏他人对其信任的人不留丝毫情面的惩罚，正是为了保证所有学生生活在一个充满信任的集体。"正是在这种甚至有点儿不近人情的体系下，人与人之间表现出了充分的信任，在挪威留学3年，平时的大考小考从来没有监考老师，我从来没有见过和听过任何形式的作弊行为。

在我们学院的实验室里，有许多贵重金属，如黄金、白金等，没有人专门管理，也没有监视。如需要，自己去拿就行了，用多少都不要紧的，但不能作为私用。如果你一念之差，顺便捎带了些回家，那么，这意味着你的信誉彻底完蛋，以后也不会有任何单位聘用你了。

在挪威人看来，一个人如果没有良好的德行，那么便没有什么尊严和信誉；而一个没有尊严和信誉的人，社会是不会接纳的。挪威人认为守信是最大的德性，其他良好的品质都是在守信的基础上衍生的。这也是挪威社会在用人时，看重你有无不守信用记录的原因。

生活在讲诚信的挪威，人人都会感到安全和轻松。因为有了诚信，就用不着整天提心吊胆地怕被谁忽悠，用不着总是在买东西时费尽心机地琢磨一件商品的真实价格，用不着总是害怕吃了什么"问题食品"而担惊受怕。当然，它的前提是人人诚实，没有欺诈。

（一　哲）

成长悟语

不要因暂时的蝇头小利而影响以后的生活秩序，也不要贪片刻的便利而换来一世的麻烦。丢掉诚信，就是丢掉了一切。只有诚实为人，自觉遵守规则，才能使未来的道路畅通无阻。

不管在什么时候都要信守诺言

这样不是等于送他去死吗？再说我既然答应了他上船，就应该遵循约定。否则不是成了不讲诚信的人了吗？

有一年，战火蔓延到了江南。兵士所到之处，血流成河。无奈之下，江南的百姓纷纷收拾行李，准备到太平一点儿的地方去躲避。

其中有户船家也准备离开这里，到别的地方去谋生。很多百姓都对他说要用船，于是船家决定在离开的时候捎上一部分百姓。

到了走的那一天，订好船的百姓们带齐了行李，早早地跑到船上。就在解缆离岸出发的时候，远处跑来一个小伙子。只见他背着一个大包袱，气喘吁吁地喊道："船家，等等我！等等我！"

船家停了下来，对小伙子说："我的船都满了，我看你还是坐别的船吧。"

其他乘客也都要他坐别的船。可是小伙子却说："求求你们帮个忙吧！我家里的老母亲催着我赶快回去。如果我现在不走，她会担心死的。"

船家听了，觉得这小伙子挺孝顺的，就答应带上他了。

没想到船行了一半路，就有一伙士兵乘着船追过来。他们挥舞着刀枪，在后面叫嚷着："停下，快停下！"

船上的人们惊慌不已。他们拼命地催促船家快些，再快些。可是船上人太多，船根本走不快。这时有人就提议让那个后上的小伙子下去，说这样能减轻船的重量。船家听了，就说："这样不是等于送他去死吗？再说我既然答应了他上船，就应该遵循约定。否则不是成了不讲诚信的人了吗？"

众人眼看那帮士兵越来越近，急得直说："现在还管什么诚信不诚信，命都快没了。"说着就催促那个小伙子下船。

船家赶紧制止了，他说："你们要是坚持把人家推下去，我就不开船了。"

众人一听，就不说话了。

那个小伙子很感激，他对众人说："大伙别着急，我倒有个好主意。我们每人伸出自己的一只手当桨，朝着一个方向使劲划，这样船一定能开得快些。"

众人觉得是个好主意，于是纷纷把手伸进水里，朝着一个方向使劲划了起来。只见船如箭飞，一下子就把后面那条船甩掉了。

众人得救以后，都庆幸刚才没有把小伙子推下河去。他们问小伙子是怎样想到这个办法的。

小伙子回答道："其实我早在家乡的时候就和同伴们玩过这种游戏。可是最开始的时候太着急，觉得马上就要被推下水去，所以一时就忘了。后来，船家坚持要把我留下。我心中安定了，也很想报答船家，所以一下子就想到了这个办法。"

众人听了，对船家是又佩服又惭愧。

成长悟语

生命是宝贵的，诺言同样重要。信守诺言，可以帮助别人走出困境，也可以使自己渡过险情；信守诺言，不但赢得别人的尊重，更能延续生命的历程。

诺言的价值

不要轻易许诺，因为诺言背后就是重要的责任；更不能够食言，不守信用的人是不会获得朋友的。

不要轻易许诺，因为诺言背后就是重要的责任；更不能够食言，不守信用的人是不会获得朋友的。

杰弗逊有一个很要好的朋友，因为很小的时候就认识了，所以一直保持着密切的来往。朋友常常为杰弗逊推荐一些书，或者为杰弗逊做一些杰弗逊要他做的事，呼来唤去的，从来没有怨言。杰弗逊在他面前很随便，他说杰弗逊穿着大人的衣服，其实是个小孩。

有一年朋友搬了家，新年的时候，他邀杰弗逊到他家看一看。杰弗逊答应了，可新年那天轮到杰弗逊在学校里值班，上午杰弗逊给他打了一个电话，他听说杰弗逊值班，就问他还能不能去，杰弗逊说下午过去。

下午杰弗逊要离开学校的时候，有一同事来到学校，他见杰弗逊要走，就说："您和我打一会儿网球吧！"杰弗逊说还有事，他说就玩一会儿，经他一说，杰弗逊有些手痒起来，就和他玩了起来。这一玩把时间给忘了，等杰弗逊从学校里出来，天都快黑了，他只好回家了。

后来杰弗逊总想找个机会对朋友解释一下，可不知怎么搞的，一拖就很长时间。时间越长就越不想再提这件事了。心想，反正也不是外人，何必那么多礼节呢，后来竟渐渐地给忘了。

杰弗逊再次想起朋友的时候，是有事要求他。电话里他对杰弗逊很冷淡，杰弗逊问他怎么了，他说："问你自己。"

杰弗逊试探着提起新年里的那件事，他说："你已经无可救药了，有那样轻率待人的吗？"他很生气，说那一天他和妻子推掉了所有的安排，只是为了杰弗逊的到来，从早晨到晚上竖着耳朵听每一阵上楼的声音，可最终杰弗逊没有去，之后连一个电话都没有。

他说得杰弗逊脸上一阵阵发热，杰弗逊解释说他从来没有把他当过外人，因为杰弗逊以为他们的距离很近，就在这件事上随便了。朋友说杰弗逊是一个言而无信的人。

为了让杰弗逊知道诺言这个很平常的词，他决定不再理杰弗逊。

因为失去了这个朋友，杰弗逊记住了什么是诺言。

无论是对什么人，一旦许诺，就要遵守，即使是最好的朋友。失信于人，不仅失去了珍贵的情谊，还失去了别人的信任。只有虔诚地对待诺言，才会得到别人的青睐与友爱。

再贵都不卖的棉花

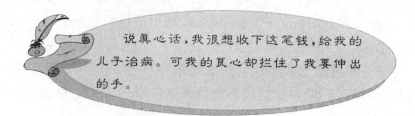

说真心话，我很想收下这笔钱，给我的儿子治病。可我的良心却拦住了我要伸出的手。

"如果您睁一只眼闭一只眼，肯把军队的棉花卖给我们厂，您轻而易举就能得到 5000 美元的酬劳！""卑鄙无耻的想法！前方的战士为了守卫你们宁静的生活,在流血拼命,可你们却想干什么!拿走他们冬天的棉被、御寒的棉衣、包扎伤口的纱布!赶快带着你的臭钱滚蛋吧,再不走我就要开枪了!"

一家北方棉纺厂的代表被上校赶了出来。

自从美国的南北战争爆发,整个萨姆特堡被重重包围,北方军队陷入了前所未有的困境,很多产于南方的物资不能运过来,十分紧缺。棉花,就是其中一种。陆军上校清楚地记得,上司把保护军用棉花的任务交给自己时,自己许下的诺言:"您放心,这里的棉花,绝不会丢失一袋!"

军队仍未能突出重围。又一家北方棉纺厂的代表,提着礼品来拜访上校。

"如果您能够给我们一批棉花,这里的 10000 美金全都属于您!"棉纺厂代表指着厚厚一叠钱说。"10000……"这个数字让上校的心忽然痛了一下。几天前,妻子发来电报,说是儿子的重病已经耗尽了家里所有的积蓄,接下去的治疗费用还需要 10000 美金,如果无钱支付,只能把儿子抬回家等死了。10000 美金是多少?是心爱儿子的生命的重量,可也是十几万士兵生命的重量。这一次,上校的喉咙有些发干,他努力驱赶脑子里儿子的身影,把那个妄图贿赂自己的代表赶出了办公室。

坐下来,上校很想哭,眼角却是干的。作为一个军人,他知道自己的做法没有一点儿过错;可作为一个父亲,自己是那样的无奈和自责。

被围困的日子是漫长的。不久,第三拨棉纺厂的人又敲开了上校的门。这一次,他们给上校的酬劳是 20000 美金。

上校久久注视着比上次厚出一倍的钱,棉纺厂代表的脸上露出喜色。破天荒的,这一次上校没有骂人,也没有立刻赶他们出去。他的声音非常低沉,也非常平静,如同暴风雨之后的湖水,没有一点儿波纹:"你们知道吗,我的儿子得了重病,发烧,烧得连耳朵都快听不见了,他是那么喜欢听音乐。说真心话,我很想收下这笔钱,给我的儿子治病。可我的良心却拦住了我要伸出的手,它告诉我不能这样自私,不能为了我自己的儿子,让十几万士兵在冬天挨冻。"

屋子里异常的安静,那准备贿赂上校的代表屏住呼吸,默不做声地退出上校的办公室,带着那笔钱和一脸的愧色。

上校做出了一个决定。

他找到自己的上司:"我知道我应该遵守当初的诺言,可我的儿子病得厉害,非常需要钱,我现在的工作让我受到很多诱惑,我很担心,担心有一天万一自己坚持不住,违背承诺,收了别人送来的钱。所以,我请求辞职,请您派一个更合适的人来接手这项工作。"

上司的目光在上校的脸上停留了好一阵,才皱着眉头说:"你是一个诚实、正直的好军人,能够战胜自己,出色地完成任务。现在,我批准你的辞职申请,但你必须答应我一个条件……"

上校吃惊地看着上司,他没想到上司在批准自己的辞职请求时会提出条件。

"那就是,必须收下我以个人名义奖励你的 10000 元奖金!"上司伸手拍了拍上校的肩膀,笑了起来。

成长悟语

在大是大非面前,不顾家庭,心系国家,这是一种崇高的道德品质。其实,当你珍视自己的道德操守的时候,别人也会对你的人格肃然起敬,对你的家人也会关怀备至。拒绝金钱的诱惑,得来的将是更大的恩惠。

言而无信，无人信言

> 以实相告时可能犯上怒而招祸，但却体现了为人的正直无私和忠贞不贰，是忠诚的表现，唯其如此，才能得到他人的信任。

晋文公的诺言

欺骗他人一次，他人会不相信你十次。

只有"信"字当头，"言"才会有力度，有分量。

晋文公重耳即位之后，有些诸侯小国不愿臣服于他。其中有个小国叫原国。原国虽小，但国君想到其始封之君是周文王的儿子，怎么甘愿承认从国外逃亡归来的重耳作为他们的霸主呢？于是不断挑起边衅，制造事端。晋文公为平息动乱，完成霸业，决定讨伐原国。

战前，晋文公亲自部署作战方案，到士兵中作战前动员，他与士兵约定："根据我们的军事力量和原国的战斗实力，我们能够速战速决。以 7 天为期，降服原国。"

战争的进程出乎意料。原国的将士在强大的晋国面前，英勇顽强，沉着应战，尽管伤亡惨重，给养困难，但仍有拼死决战的势头。

7 天限期已到，原国仍然十分顽强。晋文公为遵守诺言，便坚定地下达了撤离的命令。眼见原国已近绝路，军官们纷纷向晋文公进谏，请求再坚持一下，大家一致表示："只要再坚持 3 天，原国军就会完全崩溃，只有投降臣服的路了。"

面对原国陷入绝境，军官们纷纷请战的局面，晋文公坚定地说：

"君主言而有信,遵守诺言是国家得以昌盛的珍宝,也是军队能真正立于不败之地的珍宝,为了降服原国而失掉如此贵重的东西,我们犯得起吗?我们合算吗?"

这一仗晋文公虽然没有用武力征服,可是他言而有信,遵守诺言的名声却传到了周围许多国家。

第二年,晋文公又发兵攻打原国。这一次他与士兵约定并向外发布:"我们必须坚持到底,达到彻底征服和得到原国的目的后再返回。"

原国人听到这个约定,知道晋文公不达目的不会罢休,于是战幕尚未拉开就投降了;另外一个一直不肯臣服的卫国,也归顺了晋文公。

鲁宗道直言

以实相告时可能犯上怒而招祸,但却体现了为人的正直无私和忠贞不贰,是忠诚的表现,唯其如此,才能得到他人的信任。

有一天,皇帝派遣使臣召见鲁宗道,使臣来到门口,鲁宗道已赴酒家喝酒去了。等到打发人去找,他才摇摇晃晃地回来,这时已经超过了时间,使臣只好先走一步,与他相约说:"圣上如果怪罪你来迟,你当用何事做托词来对答?"鲁宗道说:"应该实话实说。"使臣说:"若这么回答,只能得罪圣上。"鲁宗道说:"好喝酒,这是人之常情,欺君的罪过可就大了。"使臣便拿鲁宗道的原话回了皇帝。

等到鲁宗道入见,皇帝问他何故去酒家饮酒,鲁宗道谢罪说:"臣家境贫寒,没有酒器,无法招待远道而来的亲戚,便邀他到酒家喝一杯。但臣下换了衣服,市人认不出我来,也不失为官的体统。"皇帝认为他能说实话,可以重用。后来,鲁宗道做了参知政事。由于他为人正直敢言,邪佞之人无不怕他三分。

鲁宗道深知,欺骗他人无异于连自己一同欺骗,只是自己变得更心虚罢了。

成长悟语

遵守诺言,才会事半功倍;敞开心怀,才会得到别人的尊

重。欺骗别人,即使暂时建起成功大厦,也会因基础不牢固而瞬间轰然坍塌。只有言行一致,才能踏实地生活,才能在成功的舞台上从容地展示自己的风采。

诚信,成功的法宝

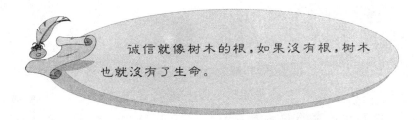

诚信就像树木的根,如果沒有根,树木也就沒有了生命。

诚信,这是先辈们教育后代如何做人处世的准则。然而时代发展到今天,一些欺诈行为和不诚实的现象,使得一些人对"诚信"产生了怀疑。但无数的事例告诉我们,诚信既是立身之本,又是生存之道,还是成功的法宝。

日本人小池国三的成功就是很好的例证。小池国三13岁背井离乡,在一家小商店做店员,同时替一家机器公司做推销员。一次,他推销机器十分顺利,半个月内就与33家顾客签订了合同。后来,他发现自己所卖的机器比其他公司出品的同样性能的机器价格贵了许多。这时他想自己的客户如果知道了,一定会后悔,更谈不上以后的生意了。于是他就带着合同,挨家挨户进行说明,请客户毁约。他这样做,不但没令客户反感,反而加深了客户对他的信赖和敬佩,有一些客户还把他介绍给了自己的亲朋好友和邻居。后来小池国三在商业上获得了巨大的成功,这在一定程度上得益于他讲诚信的人格魅力。

一个士兵,非常不擅长越野跑,所以在一次部队的越野赛中很快就远远落在了人后。转过了几道弯,他遇到了一个岔路口,一条路标明是军官跑的,另一条路标明是士兵跑的。他停顿了一下,虽然对做军官连参加越野赛都有便宜可占感到不满,但是他仍然朝着士兵的小径跑去。没想到过了半个小时后他到达终点,成绩却是第一名。他感到不可思议,但是主持赛跑的军官笑着恭喜他取得了比赛的胜利。过了几个钟头后,大批人马到了,他们跑得筋疲力尽。看见他赢得了胜利,开始大家都觉得奇怪,但很快大家就醒悟过来,原来在岔路口诚实守信,是多么重要。

诚信就像树木的根,如果没有根,树木也就没有了生命。因此,我们每个人都应守住诚信,"诚"是对人的态度,忠诚、诚实;"信"是做人的态度,守信、讲信誉。

有些人认为善于投机取巧就能更容易登上成功的高峰,其实,有时候聪明反被聪明误,想走捷径却误入歧途。只有诚实守信,才会赢得别人的赏识,才会让崎岖山路变成坦途大道,快捷地摘取成功的果实。

英国人是不是很"傻"

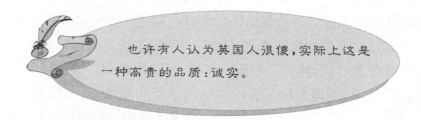

也许有人认为英国人浪傻,实际上这是一种高贵的品质:诚实。

周先生来到英国,第一个感觉,便是觉得英国人很傻。

一次,他走在街上,不小心撞上了英国人,对方却很抱歉地说一声"Sorry"。好像是他碰了周先生一样,让人不可理解。

久居英国的朋友告诉周先生：如果你买了东西，拿回家后，忽然又不想要了，无论你买了多长时间，只要没有污损，都可以拿回去退货。没有任何理由，只要你说不喜欢就行了。

一次，周先生从英国向国内寄回一块手表。可当家人收到时，只是一只空盒子。里面的手表不翼而飞，不知是落在邮路的哪一地界了。当他向英国邮局提出此事时，邮局却未让他出示任何证明且很快向他赔偿了损失，也不怕其中有诈。

买了车，要去上保险。按规定，学生和老师是有一定优惠的。于是，周先生填写了这两项，办事人员没有要求他们出示任何证件和证明，很顺利地办好一切。

这就是说，英国社会非常看重人的德行。他们认为：一个人如果没有良好的德行，那么便没什么尊严和信誉；而一个没有尊严和信誉的人，社会是不会接纳的，这也是英国社会在用人时，那么看重你有无犯罪记录的原因。

也许有人认为英国人很傻，实际上这是一种高贵的品质：诚实。

在英国，上火车是没人检票的，你只要去窗口买好票就行了，站台绝对开放，但却没人逃票。

当然，你更不用怕超级市场的短斤少两和讨价还价，因为，他们的标价绝对诚实，也不会在秤上做什么文章。说来也不奇怪，一个社会如果视名誉比金钱重要的话，那么，诚实就成为必然的了。

成长悟语

当你诚实地对待别人时，别人也会以诚相待。金钱固然重要，但诚实价更高。如果连诚实都没有了，那么失去的不仅仅是金钱，甚至会失去你在社会上的立足之地。

他为什么被拒签

当你无视自己的诚实行为时，别人也在拒绝你的足迹；当你老实自觉地遵守秩序时，别人也会为你打开通道。

一年多前，朋友结束了在新加坡的考察观光，准备返回国内。没想到，就在即将登机时，朋友却被机场工作人员礼貌地拦下："对不起，你现在不能登机。"

"为什么？"朋友吃了一惊，"我的机票有问题吗？"

"机票没有问题，但登机不行，因为你还有一本从图书馆借阅的书没有归还。"

最终，朋友还是错过了那次航班，一个星期后，他才得以搭乘航班回国。

事情并没有就此画上句号。今年，朋友的女儿到新加坡一所大学读研究生，大喜过望之下，朋友自然要亲自送女儿一程，可是，当他办理赴新加坡的签证时，却再次遇到不小的尴尬——在最后环节，他被拒签了。

朋友很想知道，自己符合出境的一切条件却终被拒签的原因是什么。不久之后，他知道了答案。原来，他被拒签的缘由，就在一年前那本没有来得及归还的借书上面。这是女儿出国后告诉他的，女儿还告诉父亲，像他这样有过不良记录的人，除非以后换一个名字，否则很难再迈进新加坡的国门。我曾多次听朋友提起过这件事，朋友显然很在意

它，每次讲述之后，朋友都会感慨：新加坡人的高素质，就是被这么"管"出来的。

相似的故事还发生在香港。一位与我相识的公司老总，在去香港谈一单生意时因为不熟悉当地的右行车道，驾车时违反了交通规则。迅速赶来的交警撕下罚单递给友人，这位友人却将一盒好烟连同罚单一起塞到警察手里，驾上车子扬长而去。他天真地认为这件小事完全可以如此摆平。可是，他错了，拒缴罚款的他在一个星期后，就收到了法院的传票，令他惊愕的是，他居然以两项理由被起诉：一是拒缴罚款，二是贿赂警员。事后，朋友在他的博客中原原本本地记下了这件事，他还说，在他的印象里，香港原本只是一座灯红酒绿的城市，通过这场"官司"，他对这座城市产生了一种敬畏。使"东方明珠"熠熠生辉的，不仅是充盈的物质和繁荣的经济，更有昌明的法制和公职人员的廉洁。

两位友人的际遇，让我想到很多。的确，他们所遭遇到的种种尴尬，仅仅是由一本书、一张罚单造成的，但这一本书和一张罚单背后的东西，却值得我们深思。

成长悟语

当你无视自己的诚实行为时，别人也在拒绝你的足迹；当你老实自觉地遵守秩序时，别人也会为你打开通道。美丽与幸福不是建立在私吞小利的基础上的，而是植根于人们的诚实无欺之上。

1毛钱的诚信

由于岛村诚实，总明明白白地跟厂家和客户说自己在中间赚了多少钱，赢得了人们的信任，人们都愿意和他做生意。

岛村芳雄是日本赫赫有名的富商，他是在几年时间内迅速富起来的，人们问他："您在短时间内成为富商的秘诀是什么？"

岛村芳雄说："诚信，我是从1毛钱的诚信起家的。"

岛村先生原来是一个做小规模批发生意的普通商人，干了几年以后，他看到周围的很多商人都因为诚信博得了同行们的尊敬，渐渐体会到诚信在商业交往中的作用，于是就想出一个赢得信誉的好方法。

日本的渔民很多，麻绳是他们必不可少的生产工具，如果能够做麻绳生意，一定会很快富起来，于是他就决定做批发麻绳的生意。他先从一家生产麻绳的厂家进麻绳，每根麻绳的进价是5毛，照理说加上运输费、保管费、搬运费，每根麻绳卖出去的价格肯定要高于5毛钱。可是岛村却又以每根麻绳5毛钱的价格卖给了东京一带的工厂和零售商，自己不但一分钱没赚，还赔上了一大笔钱。一年以后，人们都知道有一个"做赔本买卖"的商人，这个人叫岛村芳雄，于是订货单像雪片一样飞到岛村的手中，他的名字也像长了翅膀一样飞到人们的耳朵里。

聪明的岛村找到生产麻绳的厂家，说："过去的一年里，我从你们厂购买了大量的麻绳,而且销路一直不错,可是我都是按进价卖出去的,赔了不少钱,如果我继续这样做的话,没几天我就要破产了。"

厂方看了岛村开出的货单后,果然是原价销售,考虑到现在向岛村订货的客户很多,于是就决定让5分钱,同意以每根麻绳4毛5分钱的价格卖给岛村。

岛村又来到他的客户那里,很诚实地说:"我以前为了扩大自己的影响,原价出售麻绳,现在我的钱已经都赔得差不多快光了,再这样下去,我就要关门停业了。我刚从麻绳厂回来,他们决定每根麻绳给我让5分钱,你们是不是商量一下,给我加一点儿。"

客户们看了进货单,知道岛村说的是实话,于是就决定每根麻绳加5分钱,以每根5毛5分钱的价格买岛村的麻绳。

由于岛村诚实,总明明白白地跟厂家和客户说自己在中间赚了多少钱,赢得了人们的信任,人们都愿意和他做生意。

成长悟语

　　诚信能博得别人的尊敬,能为自己赢得良好的信誉,而欺骗得到的只是暂时的成功。短暂的成功转瞬即逝,良好的信誉却是受用无穷;为了眼前一时的小利而错失以后的大利,只会得不偿失。

获 益 终 生

如果在我们小的时候，便有人教我们将不应得到的鱼放回去，现在我们就会做出正确的选择。

他才 11 岁，只要一到父亲位于新汉普郡湖心岛上的度假小屋，就一定要找机会去钓鱼。

钓鲈鱼季开放的前一天黄昏，他随父亲到湖边用小虫捕钓翻车鱼和河鱼。他绑上银色的鱼饵，开始练习抛钓线。映着夕阳余晖，鱼饵投在水面上，引起一圈圈彩色的涟漪。待月亮升上湖面后，投饵的涟漪转变成银白色。

他的鱼竿变重了，他知道线的另一端一定有条大鱼。父亲用赞赏的目光，看着男孩技巧地将鱼拖到码头边。

终于，他满心喜悦地将那尾精疲力竭的鱼拉出水面。这是他钓过的最大的鱼，但却是一条鲈鱼。

男孩和父亲望着这条完美的鱼，鱼儿在月光里上下鼓动着鱼鳃。父亲点根火柴看看手表，才晚上 10 点——离钓鲈鱼季开放的时间还差两个小时。他望望鱼，又看看男孩。

"儿子，你得把它放回去。"他说。

"爸！"男孩叫道。

"还有其他鱼嘛！"父亲说。

"可是都没有这只大呀！"男孩说。

他望望四周，月光下的湖面并没有其他的钓鱼人或船只，他又用乞求的眼光看着父亲。

既然没有人在场，根本不会有人知道他何时钓到了这条鱼。但男孩从他父亲坚定的语调中明白，父亲决定的事不容妥协。他慢慢从大鱼的嘴里取回鱼钩，将鱼放回黑漆漆的湖水中。那鱼有力地扭动了两下身躯，不一会儿便消失了踪影。男孩心想，他恐怕再也见不到这么大的鱼了。

那已是34年前的往事。如今，男孩已成为纽约一名成功的建筑师。他父亲的度假小屋仍在那座湖心的小岛上，他也会带着子女在相同的码头钓鱼。

他想得没错，他从未再钓到过和他那次放走的那条一样大的鱼。但每当他面临道义上的歧路口时，他会一再看见那条相同的鱼。

就像他父亲教过他的，道德是很简单的对错问题，只有实践道德时才困难。当身边没有旁人时，我们也做正确的事吗？赶时间时，我们是否能拒绝偷工减料呢？当从不正当渠道获得绝密的股市信息时，我们是否能拒绝横财的诱惑呢？

如果在我们小的时候，便有人教我们将不应得到的鱼放回去，现在我们就会做出正确的选择。因为我们已学到了真理。

（[美]詹姆斯·兰斯提）

成长悟语

在无人的时刻，最能体现人的内心品质，流露人的真正面目。如果要在别人的强制监督下，才去遵守、去实践，做表面功夫。那么，弄虚作假不仅掩盖不了别人的耳目，反会蒙蔽自己的良心。

永远不要低三下四

你应该知道，每一个人都有自己的尊严，不要为了别人的脸色而自卑。记住，永远不要低三下四！

　　那天，他的父亲在办公室看账本，可能是有一个地方不明白，父亲喊一个伙计的名字，让伙计过来一下。伙计正在外面做事，听到老板的喊声，马上答应一声跑了过来。父亲喊他的时候他正在抽烟，而伙计知道，老板是最讨厌人抽烟的，于是，伙计边跑边把正在燃着的烟斗塞进裤子口袋，然后来到父亲面前。

　　父亲是应该看到伙计的举动的，因为这时伙计的裤子开始冒烟了。但是父亲什么都没有说，冷冷地看着伙计，既没有让伙计把裤子口袋里的烟斗拿出来，也没有让伙计把火拍熄，就好像没看到冒烟的裤子似的，直到伙计汇报完工作狼狈地离开。

　　儿子正好在父亲的办公室里看到这一幕，儿子感觉气愤不已，他愤怒地对父亲大喊："你怎么能这样对待别人！"那是他第一次对父亲发火，从他记事起，父亲给他的印象就是不苟言笑，虽然很严肃，但是心地很善良，不管是对家人还是身边的人，父亲从不把气愤挂在脸上，是个少有的好人。儿子的想法很简单，既然是好人就不能这样。

　　对于儿子的愤怒，父亲显得很平静，等儿子埋怨完之后，父亲心平气和地对儿子说："我没有让他把烟斗放进口袋，桌子上有烟灰缸，他也可以到门外把烟头扔出去，他甚至可以继续抽烟，但他自己选择了

158

口袋。"见儿子没怎么听明白。父亲拉起儿子的手："你应该知道,每一个人都有自己的尊严,不要为了别人的脸色而自卑。记住,永远不要低三下四!"

许多年之后,儿子长大成人。虽然他来自非洲一个很小的国家,但是通过努力,最主要是从不低三下四,他成为了联合国第七任秘书长,执掌联合国10年之久。

他就是刚刚离任的联合国秘书长科菲·安南,一个非洲小国来的联合国秘书长。谁都清楚,联合国秘书长这个位置并不好坐,尤其来自小国的秘书长,有很多人都可以对他指手画脚。在那些资本大国面前,安南的策略是,不管谁提意见或是建议,他都认真聆听,但他只按照自己的思路去做事。正因为安南从来没有低三下四,联合国在他的领导下每天都有新的变化;就算那些看不起他的国家的人,在评价安南人品的时候也赞不绝口。安南知道,他所得到的这一切,与父亲的教育是分不开的,不低三下四,让他在做事的时候没有心理负担,让他能够坚持自己的想法,这是他个人事业成功的关键因素之一。

(董　刚)

成长悟语

不要放弃自己的尊严,不管是在领导抑或老板面前,没有了尊严,就没有了脊梁,在别人面前永远站不起来。以平等的心态与人为伴,才能博得人们的尊敬。经常仰视别人,自己只会越来越渺小。

大师和青年音乐爱好者

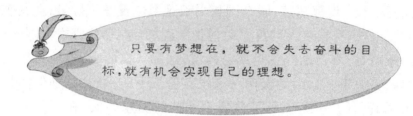

只要有梦想在，就不会失去奋斗的目标，就有机会实现自己的理想。

法国伟大的音乐家柏辽兹，早年生活贫困，直到《幻想交响曲》被李斯特等音乐大家认定是藏在浪漫主义标题后面的古典杰作，他的音乐才被完全认可。

成名后，一位青年音乐爱好者来到他的家，演奏自己的曲子，征求柏辽兹的意见，并想拜他为师。不料，柏辽兹听完他的演奏后说："你根本没有音乐才能，我这样痛快地给你这个结论，是为了使你赶快放弃音乐，另找出路。"青年人听了，垂头丧气地走出了柏辽兹的家。

他走到街上，柏辽兹却从楼上窗口探出头来，高声喊道："我不改变我刚才的评语，但我得补充一句，大师们当初对我也这么说。请记住，你和我当初一模一样。"

成长悟语

没有梦想就没有希望，因此，永远不要放弃自己的梦想，即使你的梦想遭到别人的怀疑与嘲笑。其实，只要有梦想在，就不会失去奋斗的目标，就有机会实现自己的理想。如果梦想破碎，希望也随之消失。